미로,
길을 잃는 즐거움

미로, 길을 잃는 즐거움

1판 1쇄 찍음 2024년 5월 27일 | 1판 1쇄 펴냄 2024년 6월 14일

지은이 헨리 엘리엇 | **그린이** 퀴베 | **옮긴이** 박선령 | **주간** 김현숙 | **편집** 김주희, 이나연
디자인 이현정, 전미혜 | **마케팅** 백국현(제작), 문윤기 | **관리** 오유나

펴낸곳 궁리출판 | **펴낸이** 이갑수 | **등록** 1999. 3. 29. 제300-2004-162호
주소 10881 경기도 파주시 회동길 325-12
전화 031-955-9818~3 | **팩스** 031-955-9848 | **E-mail** kungree@kungree.com
홈페이지 www.kungree.com

© 궁리, 2024. Printed in Seoul, Korea. | **ISBN** 978-89-5820-884-6   03800

책값은 뒤표지에 있습니다.
파본은 구입하신 서점에서 바꾸어 드립니다.

미로,
길을 잃는 즐거움

이 실을 따라와봐
Follow this thread

헨리 엘리엇 지음

퀴베 그림

박선령 옮김

궁리
KungRee

TK와 GG에게 바친다.

천상의 황소 구갈라나의 뿔을 좇듯
초승달이 휘어지고 …

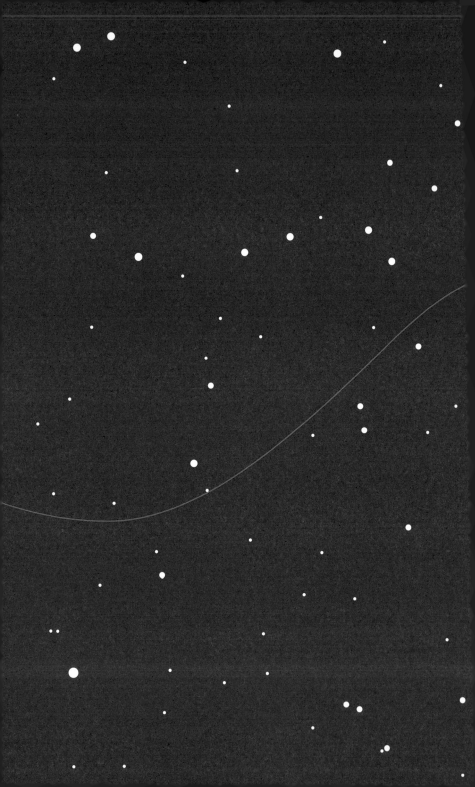

… 황소자리에 자리 잡은 붉고 거대한 눈이
조아린 뿔 사이에서 반짝인다.

인생이라는 여정의 한복판에서
어두운 숲을 헤매고 있음을 깨달았나니,
길다운 길을 잃었음이라.
— 단테

입구

나폴리 서쪽의 쿠마에에는 화산재가 쌓여 굳어진 응회암이 바다를 뒤덮고 있다.

이곳에서는 벌집 모양으로 연결된 동굴과 통로가 구불구불 얽히면서 지구의 뱃속 깊숙한 곳까지 파고든다. 죽지 못하는 저주를 받은 무녀 시빌라가 이곳에서 천 년 동안 노래를 불렀고, 아이네이아스가 창자와 같이 지하로 뻗어나간 이 길을 통해 죽은 자들의 땅으로 향했다.

지상의 절벽 위에는 아크로폴리스가 있으니, 그곳의 신전 기둥이 하늘과 태양신 아폴론에게 닿을 만큼 높이 솟아 있다. 여기는 다른 어느 곳보다 하늘과 가깝다. 눈에 보이지 않는 공기의 흐름들, 상승 기류와 제트 기류가 쿠마에 상공에서 만난다.

구름 사이로 새가 한 마리 날고 있다. 너무 멀어서 어떤 모습인지는 뚜렷하게 잡히지 않는다. 새가 조금씩 내려오며 가까워진 다음에야 너덜너덜해진 날개로 간신히 추락을 면한 채 어설프게 날고 있는 모습이 보인다. 이 육중한 생명체가 하늘에서 퍼덕대며 내려오더니 막대기와 깃털이 뒤엉켜 엉망이 된 채로 해변에 곤두박질친다. 그 잔해에서 한 남자가 기어 나온다. 그는 팔에 인조 날개를 단 채 1,600킬로미터 이상을 날아왔다.

그는 망가진 몸을 이끌고 모래사장을 따라 절뚝거리면서 분노로 이글거리는 태양을 피할 곳을 찾는다. 그는 자신을 따라온 하나밖에 없는 아들이 아득히 높은 곳에서 무심한 파도 속으로 곤두박질치는 모습을 그저 지켜볼 수밖에 없었다. 그가 지나가자 자고새가 키득거리듯 지저귄다.

마침내 그는 지상에서 지하로 연결되는 수백 개의 입구 가운데 하나인 쿠마에의 암석 틈에서 서늘한 그늘을 발견한다. 그는 그 동굴 입구를 향해 쓰러진다.

1956년에 또 다른 남자가 쿠마에 동굴에 들어갔다.

조각가이며 주물공이자 소묘화가인 마이클 아일턴(Michael Ayrton)은 이탈리아에서 휴가를 보내다가 날개를 만들어 크레타에서 쿠마에까지 날아간 다이달로스의 전설에 푹 빠지게 되었다. "그 전설이 내 안에서 점점 커져갔다." 이어서 아일턴은 이렇게 적었다. "그렇게 나는 홀리듯 부조와 청동상, 소묘, 그림 등의 형태로 전설을 내 안에서 세상 밖으로 끄집어냈다."

아일턴은 점점 더 자신을 다이달로스와 동일시하게 되었다. 그는 자전적 소설인 《다이달로스의 증언(The Testament of Daedalus)》과 《미로 제작자(The Maze Maker)》를 집필했고, 다이달로스 이후 처음으로 순금을 이용해 진짜 벌집을 만들었다. 그는 먼저 석고로 벌집을 본뜬 다음 밀랍을 제거해 거푸집만 남기고, 이어서 거푸집의 가는 틈새에 원심분리기를 이용해 녹인 금을 흘려 넣은 후 벌집 모양으로 굳히는 방식을 통해 이러한 위업을 달성했다. 그 과정에서 견본 열일곱 개가 파손되는 바람에 에섹스에 있는 그의 작업장은 사방이 온통 금빛으로 반짝였다.

에일턴이 다이달로스에 매료되면서 미로 제작 기술에 대한 관심도 되살아났다. 그로부터 30여 년 전, 윌리엄 헨리 매튜스(William Henry Matthews)는 미로의 전망에 대해 비관했다. 그는 《미로와 미궁(Mazes and Labyrinths: A General Account of Their History and Developments)》에서 "미로가 앞으로도 꾸준히 발전하리라 기대하는 것은 어리석은 생각"이라고 말했다.

그러나 오늘날 세계 각지에는 과거 어느 때보다 많은 미로가 존재하며, 매해 더 많은 미로가 만들어지고 있다. 미로 제작자인 에이드리언 피셔(Adrian Fisher)는 이렇게 말한다. "지금 우리는 미로의 황금기를 살고 있다고 해도 과언이 아닐 것이다."

미로는 안락한 공간이 아니다. 예를 들어 노스요크셔에 있는 '금단의 모퉁이'라는 미로 정원의 입구는 애니매트로닉스라는 기술을 이용해 괴물의 아가리처럼 만들어졌다. 이 미로를 따라가다 보면 실제 괴물의 식도를 걷기라도 하듯 길 저편에서 나오는 트림을 맞거나 거대한 목젖이 꿈틀거리는 것을 경험할 수 있다. 미로는 우리를 불안과 곤경에 빠뜨려 방향을 잃게 만들려고 특별히 설계된 공간이다. 평소에는 길을 잃지 않으려고 그렇게 조심하는 사람들이 어째서 미로에는 기꺼이 들어가고 싶어 하는 것일까?

앨리스는 왜 토끼굴에 들어가려고 그렇게 '열심'이었을까?

기운을 차린 다이달로스는 아폴론에게 바치는 쿠마에 신전을 짓기 시작했다. 신의 노여움을 달래기 위해 노처럼 생긴 날개를 신전에 바친 다음 제단 위에 높이 걸었다.

그리고 신전에 설치할 양문형 청동문을 만들면서 그 표면에다가 마치 책장에 적듯 자신의 인생사를 돋을새김으로 새겼다.

그는 신전에 크레타의 미노스 왕이 포세이돈에게 알맞은 제물을 바칠 테니 자신의 왕권을 인정해달라고 기도하는 모습도 묘사했다. 신은 미노스 왕의 기도에 응답해 눈부시도록 새하얀 황소를 파도에 실어 보냈다.

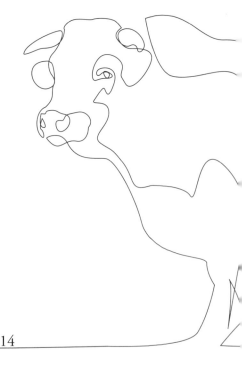

그 짐승의 모습은 실로 장관이었다. 어찌나 멋졌던지 미노스가 제물로 다른 소를 바치고, 그 흰 황소는 자기가 키우는 제물용 소떼들 틈에 숨겼을 정도였다.

이를 알게 된 포세이돈은 모욕감을 느끼고 복수를 꾀했다. 미노스의 아내 파시파에 왕비가 흰 황소에게 걷잡을 수 없는 불온한 욕망을 느끼도록 만든 것이다.

끝 모를 욕망이 견딜 수 없을 정도로 커지자 왕비는 궁전에 머물던 외국인인 다이달로스에게 도와달라고 간청했다. 다이달로스는 고리버들을 이용해 속이 텅 비고 실물과 똑같이 생긴 암소 모형을 몰래 만들었다. 해가 진 다음 왕비는 그 안으로 들어가 기다렸고, 이윽고 황소는 콧김을 내뿜으며 암소 모형에 올라타 쾌락에 굶주린 여왕의 갈증을 해소시켜줬다.

파시파에는 머지않아 자궁이 꿈틀대기 시작하는 것을 느꼈다. 그녀의 뱃속에서 기묘한 것이 자라나기 시작했다. '황소의 덫'이 싹트고 있었다.

덫

비명이 멈췄다.

다이달로스는 그림자가 길게 늘어진 복도를 따라 서둘러 달려가고 있었다. 아른거리는 양초를 지날 때마다 그늘진 그의 얼굴이 불빛을 받아 환하게 드러났다. 왕궁 침실로 가는 길은 대리석 안뜰을 가로질러 복잡한 회랑과 좁은 통로를 거쳐 넓은 돌계단을 올라가야 하는 등 복잡하게 뒤얽혀 있다. 마침내 그는 왕궁 중심부에 도착해 왕비가 머무는 방의 문을 두드렸다.

파시파에는 의식을 잃은 채 구겨진 침대 이불 위에 누워 있다. 미노스는 엄숙한 표정으로 꼼짝도 하지 않고 서 있다. 그 근처에서는 조산사가 울고 있고, 덮개가 달린 요람에서 다이달로스로서는 도저히 낼 수 없는 괴상하고 거친 숨소리가 들렸다.

그는 미노스와 잠깐 눈을 맞춘 뒤 요람을 향해 조심스럽게 발걸음을 옮겼다. 촛불이 침침하기에 혹시 자신이 착각한 것은 아닌지 자세히 살펴봐야만 했다. 신들이 이렇게 잔인할 수는 없는 법이다. 그의 옆으로 미노스가 다가왔다. "이름은 아스테리온, 별의 아이라고 부르기로 했네." 이어서 미노스가 말했다. "다이달로스, 이 괴물은 자네 책임이야."

다이달로스가 받은 형벌은 곧 그에게 가장 큰 임무가 되었다. 그는 아스테리온을 위한 아기방이자, 많은 방과 많은 문이 있는 가옥이며, 들어가기는 쉽지만 나갈 수는 없는 집이고, 반신반인의 성지이자 비밀감옥으로 쓰일 안가, 미노스가 황소 머리를 달고 태어난 사생아를 다시는 보지 않도록 가둬놓을 건물을 설계하고 지어야 했다.

바로 미노타우로스를 위한 집이었다.

미로는 외부 세계와 내부 세계를 연결하는 구조로 입구와 출구를 따로 떼어 생각할 수 없다.

어떤 이들은 '미궁(labyrinth)'과 '미로(maze)'를 구분해서 말한다. 미궁은 복잡하게 얽혔을 뿐 단 하나의 길로 이어지기에 선택의 여지가 없는 반면 미로에는 갈림길이 있고, 잘못된 길과 막다른 길도 있다. 이런 구조적인 차이뿐만 아니라 역사적인 차이도 있다. 미궁은 4,500년 전에 석재를 쌓아올려 건축된 반면, 미로의 경우 현재 남아 있는 가장 오래된 미로 설계도는 겨우 600년 전의 것이다.

펜을 떼지 않은 채 단번에 그릴 수 있는 일곱 개의 길이 있는 이 미궁 패턴은 소용돌이 형태의 지문이나 프랙털 형태로 뻗어나가는 산호의 가지, 고둥의 나선형 껍데기를 닮았다. 또는 계속해서 바뀌는 수성의 시궤도, 멜빌(Melville)이 '베르미첼리의 면발처럼 생긴 혈관의 미궁'이라고 했던 고래의 호흡기 구조, 얇게 썬 양배추의 단면, 뇌의 주름이나 고대인들이 점을 치기 위해 제물에게서 끄집어낸 창자의 모양 등에서 영감을 얻었을 수도 있다. 놀라운 사실은 이런 형태가 널리 퍼져 있다는 것이다. 동일한 패턴의 변주를 유럽, 아프리카, 아시아, 아메리카 전역의 초기 문명에서 두루 찾을 수 있다.

반면 미로는 유럽이 중세에서 벗어나 르네상스 시대로 넘어가던 시기부터 진화했다. 그전까지 세계는 신의 뜻으로 지배되던 곳이었으며, 삶이란 짜인 한 가닥의 실처럼 이미 정해진 것이었다. 그러나 새로운 시대에는 자유 의지와 개인의 선택이 존재하고, 인간은 자기 서사의 작가이자 영웅으로 바뀌었다.

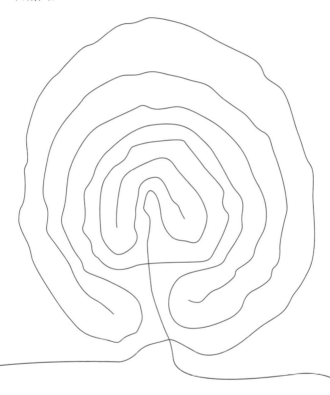

이런 차이가 혼란을 줄 수는 있겠지만 한쪽에는 미노타우로스, 다른 쪽에는 미궁의 상징이 새겨져 있는 크레타 섬의 드라크마 은화처럼 미궁과 미로는 동전의 양면이다. 단 한 가닥의 실이 여러 갈래로 갈라진 복잡한 미로를 빠져나가는 경로를 은유하듯이 말이다.

다이달로스가 미노타우로스를 위해 설계한 미궁은 '미로'였다.

영국의 시인인 초서(Chaucer)는 그곳이 "이리저리 뒤죽박죽된" 상태였다고 말했다. 그것은 "가로로 펼쳐서도 미로일 뿐만 아니라 세로로 봐서도 미로일 수 있도록 설계되었기 때문에 길이 위아래로 겹치기도 하고 서로 꼬이기도 했다". 이는 마이클 아일턴이 《미로 제작자》에서 상상했던 방식이기도 하다. "급격하게 또는 완만하게 오르락내리락하는 계단과 경사로가 수평 통로만큼이나 자주 나타났다."

미로를 설계하려면 다양한 위상학적 기술이 필요한데 우리는 6세기 동안 다이달로스의 방식을 재조합해서 유실된 그의 미로 제작 원리를 복원해 왔다. 현존하는 가장 오래된 미로는 뮌헨의 바이에른 주립도서관에 보관된 책에서 찾을 수 있다. 바로 지오반니 폰타나(Giovanni Fontana)라는 베네치아 사제가 15세기 초에 집필한 기술 도면 책이다.

'전쟁 도구의 서(Bellicorum Instrumentorum Liber)'라는 제목으로 알려진 이 놀라운 책은 기계식 낙타, 구형 유탄, 화염방사포, 로켓 추진체로 달려가는 공격용 토끼, 과격한 미끄럼틀 형태의 공성탑 등 기괴한 병기들을 묘사한 삽화들로 가득하다. 폰타나는 이 책의 펼침면에 각각 원형과 정사각형인 두 가지 형태의 미로를 나란히 배치했다. 아직까지 《전쟁 도구의 서》 이전의 미로는 발견되지 않은 것으로 알려져 있다.

폰타나의 해설에 따르면 다이달로스에게 영감을 받아 "고단하고 벅찬 길, 어둡고 구불구불하게 얽힌 길, 불안과 두려움에 빠뜨리는 공간, 같은 자리를 맴도는 길, 고립된 장소"가 포함된 2차원 설계도를 구상했다고 한다. 책을 가득 채운 이 공격적인 병기들과 기관들을 감안할 때, 그는 분명 미로 또한 일종의 함정으로 고안했을 것이다. 나아가 성채를 보호하기 위한 방어벽이거나 적들이 그곳을 헤매다 미쳐버리도록 설계된 잔인한 덫전으로 구상했을 가능성도 높다.

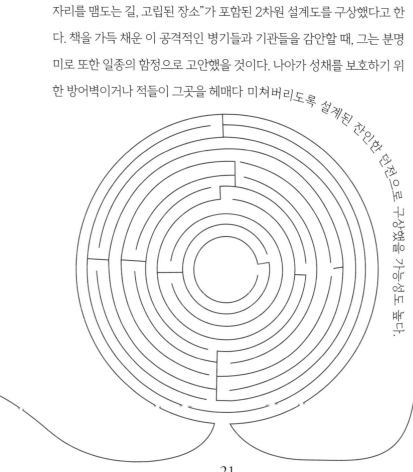

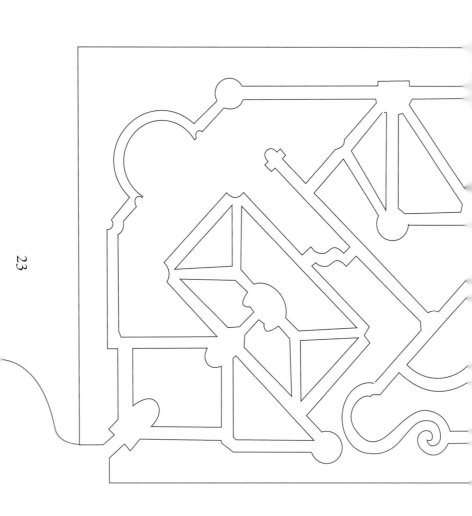

진 유럽의 정원 설계사들이 미로에 대한 아이디어를 받아들였다. 그들은 페르소포츠 정도는 가볍게 무시해버리고 형식적이고 따분한 정원에 미로의 매력이 신사하는 즐거움을 담는 데 집중했다.

일찍이 1431년에 파리의 오텔 데 트르넬(Hôtel des Tournelles)에는 '다이덜로스의 집이라 불리는 미궁'이 있었고, 1477년 르네 당주는 앙주의 보제 성(Château de Baugé)에 있는 울타리 미로를 개조했다.

역사상 가장 웅장하면서 인기 있는 정원 미로는 태양왕 루이 14세를 위해 1674년 완공된 베르사유 궁전의 정원이다. 빼빽하게 들어찬 나무들과 무성한 이파리들로 만들어진

이 미로의 구조는 비교적 단순한 편이다. 우화 작가 샤를 페로(Charles Perrault)는 이곳의 배치에 대해 조언하면서 방문객이 '즐거움'에 낙을 잃을 수 있도록 각 교차로마다 장식용 분수를 설치할 것을 권했다.

단시 햄프턴 궁전의 정원 미로를 설계한 영국의 정원사이자 조지 런던(George London)과 헨리 와이즈(Henry Wise)는 "미궁 서어나무들로 구획을 나눠 여러 개의 구불구불한 길로 갈라진 장소"라고 기록했다. 이어서 그들은 이렇게 썼다. "베르사유 궁의 정원처럼 구불구불하게 배치된 형태가 가장 가치 있는 미궁이다. 그곳의 절묘한 배치를 본 모두가 매우 즐거워했다."

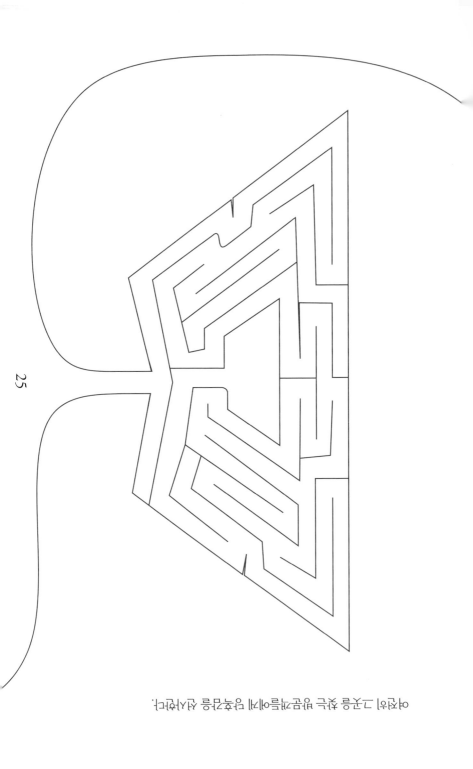

아침에 그곳을 찾은 팬더곰이 벌집에게 아저씨 신사복이 어쨌다.

핀란드 와이즈는 잉글랜드의 국왕으로 추앙받을 립엄 3세를 위해 직접 미로를 설계하면서 베르사유 궁전의 미로를 보완하려고 시도했다.

햄프턴 궁전 미로는 영국에서 가장 오래되었으며, 어쩌면 세계에서 가장 유명할지도 모르는 울타리 미로다. 2016년에는 16만 명의 방문객들이 이 300년 묵은 미로의 퍼즐을 풀기 위해 지혜를 짜냈다. 이 미로는 궁전의 '항아' 정렬 한구석에 끼어 있으며 독특한 사다리꼴 모양을 하고 있다. 경로에는 지각이 거의 없기 때문에 내부에서 방향을 가늠하기가 매우 어렵다. 예를 들어 미로 근처 분실주에 울라가 있는 사자 석상을 이정표로 삼으려는 시도는 소용없는 것으로 밝혀졌다.

안타깝게도 그곳은 괴도한 인기로 붐볐던 것 같았다. 이제 길은 표장되었고 울타리는 규네군데 낼딸낼딸해졌으며 중심부일을 가리키는 상징이었던 한 쌍의 나무는 사라졌다. 그림에

'벽에 손을 대는' 방법은 목표까지 가는 가장 빠른 지름길은 아니지만(가장 짧은 탈출 공식은 진입할 때 왼쪽으로 돈 다음 오른쪽, 다시 오른쪽, 왼쪽, 왼쪽, 왼쪽, 마지막으로 왼쪽으로 가는 것이다) 꽤 효과적인 방법이다. 햄프턴 궁전 미로의 울타리 대부분이 서로 연결되어 있기 때문이다. 결정적으로 중앙의 목표 지점 주변에 설치된 울타리 또한 미로 바깥의 경계를 이루는 울타리들과 연결되어 있다. 이는 곧 벽에 계속 손을 댄 채로 걷다 보면 언젠가는 중심부에 도달할 수 있다는 뜻이 된다.

이 방법이 번거롭기는 해도 19세기 초 이전에 설치된 미로에 적용하면 적어도 실패하지는 않을 것이다.

제롬 K. 제롬(Jerome K. Jerome)의 소설 《보트 위의 세 남자(Three Men in a Boat)》에서 주인공 해리스는 다음과 같은 이유에서 "그런 걸 미로라고 부르는 건 터무니없는 일"이라고 말한다. "처음 나오는 갈림길에서 계속 오른쪽으로 가면 되거든."

그러나 막상 안으로 들어간 해리스는 햄프턴 궁전 미로의 퍼즐이 생각보다 어렵다는 것을 깨닫게 된다. 그는 자신 있게 길 잃은 방문객들을 모아 목표 지점인 중심부로 가지만, 그들을 다시 미로에서 빠져나가게 하려고 할 때마다 중심부로 되돌아가고 만다. 절박해진 그들은 자신들을 데리러 온 젊은 미로지기를 부르지만 그도 이 일이 처음이라서 같이 길을 잃고 만다.

해리스가 처음에 떠올렸던 생각을 끝까지 고수했다면 그가 시도한 방법은 효과를 봤을 것이다. 오른손(또는 왼손)을 항상 오른쪽(또는 왼쪽) 벽에 댄 상태로 계속 울타리를 따라가다 보면 막다른 길을 들락날락하다가 결국 중심부에 도달하게 된다. 이 방법은 나가는 길을 찾을 때에도 그대로 적용된다.

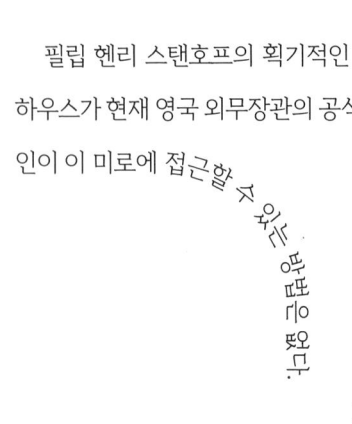

필립 헨리 스탠호프의 획기적인 디자인은 지금도 남아 있지만, 쉐브닝

하우스가 현재 영국 외무장관의 공식 관저로 사용되고 있는 탓에 이제 일반

인이 이 미로에 접근할 수 있는 방법이 없다.

1820년대에 아직 십대였던 필립 헨리 스탠호프(Philip Henry Stanhope)는 아버지로부터 켄트의 세브닝(Chevening)에 있는 가족 사유지에 설치할 미로를 설계해달라는 의뢰를 받았다. 그는 그 과정에서 상급 난도의 미로를 설계하는 데 적용되는 첫 번째 원칙을 발견했다.

수학자였던 증조할아버지(제2대 스탠호프 백작)에게 영감을 받은 그는 미로 안에 다른 울타리들과 이어지지 않는 독립된 울타리를 여러 개 집어넣었다. 이러한 '섬' 울타리를 이용해 중심부와 경계 울타리를 분리시켜 미로의 목표 지점을 보호하고자 했던 그의 절묘한 비책은 대성공했다.

미로 섬은 벽에 손을 대고 걷는 방법을 시도하는 이들에게 당혹감을 안긴다. 들어갈 때부터 계속 울타리에 손을 대고 걷다 보면 여느 미로와는 다르게 중심부에 도달하지 못하고 입구로 돌아오게 된다. 목표 지점에 도달하려면 어느 시점부터는 과감하게 손을 떼고 미지의 세계로 나아가야 한다.

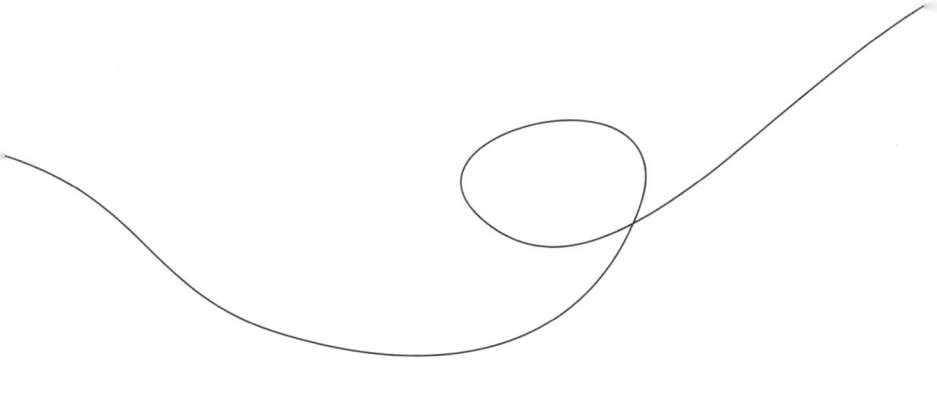

1882년 프랑스의 수학자 샤를 피에르 트레모(Charles Pierre Trémaux)가 마침내 해법을 내놓았고, 그 방법에는 그의 이름이 붙었다.

움베르토 에코(Umberto Eco)의 《장미의 이름(Il nome della rosa)》에서 주인공 바스커빌의 윌리엄(William of Baskerville)은 '트레모의 알고리즘'을 이렇게 요약해 설명한다.

"미로에서 출구를 찾으려면 … 방법은 하나뿐이다. 바로 처음 보는 교차 지점에 이르면 우리가 지나온 길에 세 개의 표시를 남기는 것이다. 한 번 지나친 길에는 하나의 표시를 남긴다. 교차로의 통로에 표시가 있다면 그 길은 이미 지나쳤다는 얘기가 된다. 모든 정로에 표시가 하나씩 찍혀 있다면 이제는 지나온 길을 되돌아가야 한다. 그런다가 아직 표시가 없는 길이 한두 군데 남아 있다면 그중 아무데나 택해 이번에는 두 개의 표시를 남긴다. 표시가 하나밖에 있는 길을 다시 지날 때는 표시를 두 개 더해서 세 개로 만든다. 그렇게 갈림길마다 세 개의 표시가 있는 통로를 피해서 표시가 덜 된 길을 찾다 보면 미로의 모든 굽을 굽을 거치게 된다."

미로를 만드는 새로운 방법이 필요해지기까지

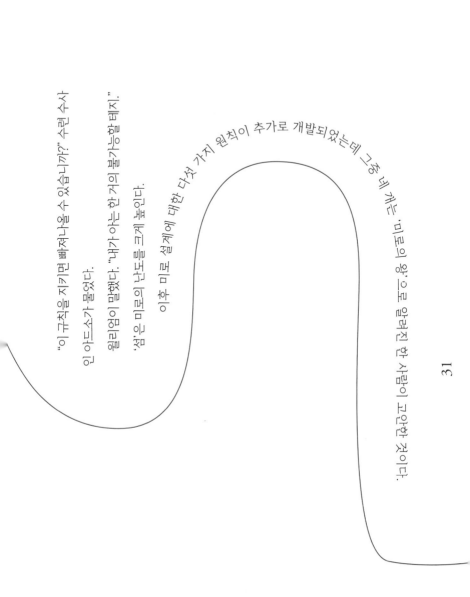

"이 규칙을 지키면 빠져나올 수 있습니까?" 수련 수사인 아드소가 물었다.

윌리엄이 말했다. "내가 아는 한 거의 불가능할 테지."

'섬'은 미로의 난도를 크게 높인다.

이후 미로 설계에 대한 다섯 가지 원칙이 추가로 개발되었는데 그중 네 개는 '미로의 왕'으로 알려진 한 사람이 고안한 것이다.

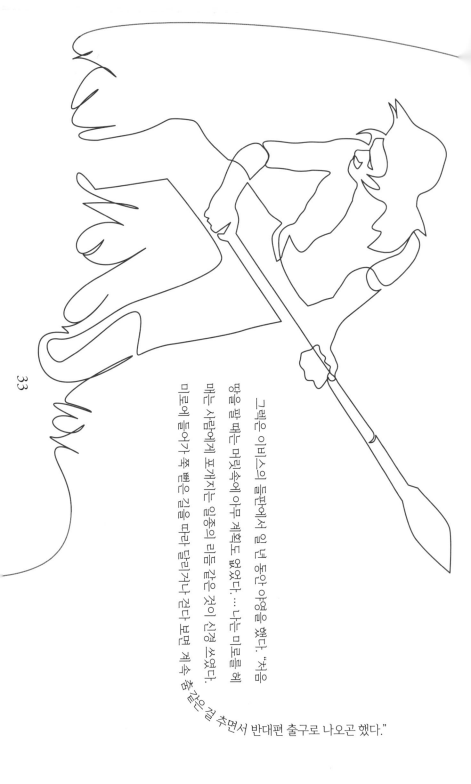

그랬은 아버스의 들판에서 일 년 동안 야영을 했다. "처음
땅을 팔 때는 마릿속에 아무 계획도 없었다. …나는 미로를 왜
매는 사람에게 포개지는 일종의 리듬 같은 것이 신경 쓰였다.
미로에 들어가 쭉 뻗은 길을 따라 달려가나 걷다 보면 계속 춤겋은

춤추면서 반대편 출구로 나오곤 했다."

"1971년, 나는 강렬한 무언가에 홀렸다. 난 미쳐버린 누더기처럼 밖으로 내가 미로를 파기 시작했다."

1971년 글래스턴베리 페스티벌의 스타는 데이비드 보위 (David Bowie), 페어포트 컨벤션(Fairport Convention), 위디팜 윈 드파커스(The Worthy Farm Windfuckers) 등이었다. 글래스턴베 리 페스티벌을 처음 개최한 마이클 이비스(Michael Eavis)는 한 남성에 대해 이렇게 회고했다. 그는 '광팬과 히피'를 이 뿔뿔이 흩어지고 남은 쓰레기들까지 다 치워져 새로 설치한 파라미드형 무대만이 덩그러니 방치될 때까지 그곳에 남아 있었 다. 햇볕 마라카텝 하라까지 기능 이 열이춤 섬 먹은 소년의 이름은 그렉 브라이트(Greg Bright)였다.

브라이트는 이비스에게 욕시 이웃에 미로를 만들 만한 여유 공간이 1~2에이커 정도 남느지를 물어봤다. 훗날 브라이트는 말 시 일에 대해 이렇게 회고했다. "그는 나를 미친놈 보듯 쳐다봤다. 하지만 결국엔 너무 독특해 소홀 기일을 든느믿 쓸 수 있게 하럭해졌다. 그는 내가 거기서 두어 주 정도 야영을 하다가 떠날 거라고 예상했다."

두 달 뒤 그렉은 3분의 2에이커 규모의 설계안을 확정하고 깊은 도랑을 파는 작업에 들어갔다. 도랑의 깊이는 다양했다. 어떤 도랑은 46센티미터 정도로 얕았고 어떤 도랑은 1.8미터나 파고들 정도로 깊었다. 손바닥에 굳은살이 박이고 허리가 부러질 것처럼 아팠다. 말벌, 웅덩이, 무성한 초목과 끝없이 씨름했다. 마침내 그는 파라콰트 제초제를 쳐서 들판의 모든 생물을 말려 죽였고, 들판 전체를 초토화시켰다. 비가 오는 날에는 텐트에 묵으면서 검은색 가죽커버 공책에다가 정교한 미로를 그린 다음 불에 달군 젓가락으로 종이에 구멍을 뚫어 미로의 경로가 여러 페이지에 걸쳐 이어지게 만들었다.

"텐트 밑에는 들쥐 한 마리가 살았는데 그 녀석은 그곳에서 자기만의 미로를 팠어." 그는 당시를 이렇게 회고했다. "그러다가 아마 담비에게 잡아먹혔더랬지."

그렇게 그렉은 필턴의 워디팜에 미로를 만들면서 미로 설계에 적용되는 새로운 원칙을 발견했다.

그는 작은 미로들 각각의 경로가 서로 하나의 교점접속점으로 연결되는 미로의 집합체를 구상하면서, 그 교차되는 중심부를 가리켜 '통합접속 센터'라고 이름 붙였다.

어떤 미로에서도 접근 가능한 중심부 덕분에 미로의 집합체는 마치 도시의 지하 시스템 같은 연결망으로 탈바꿈되었다. 이를테면 중심부는 나들목이고 미로의 개별 구역은 연결선인 셈이다.

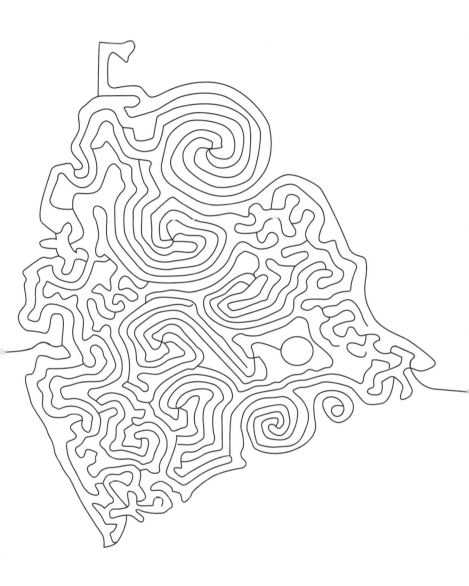

미로의 한 부분에서 다른 부분으로 이동할 때는 중심부를 향해 나아가는 것일 수도 있지만 왔던 길을 되돌아가는 중일 수도 있다. 그렉은 통합접속 센터가 미로 전체를 '항상 살아 있는 상태'로 유지시킨다고 생각했다. 달리 말하면 중심부도 출구도 찾지 못한 채 그 안에서 영원히 맴도는 끔찍한 일도 그의 미로에서는 충분히 가능했다.

더욱 좋지 않은 점은 이와 같이 경로들이 교차되는 지점은 미로의 조감도를 봐야만 찾을 수 있다는 것이다. 미로 안에 갇혀서는 자기가 언제 한 구역에서 다른 구역으로 넘어갔는지 알 방법이 없다. 해가 기울면서 주변이 점점 어두워지고, 가고 있는 길에서 자꾸 기시감이 느껴진다는 생각이 든 다음에야 자기가 끝없이 반복되는 루프로 접어들었음을 깨닫게 되다.

덫

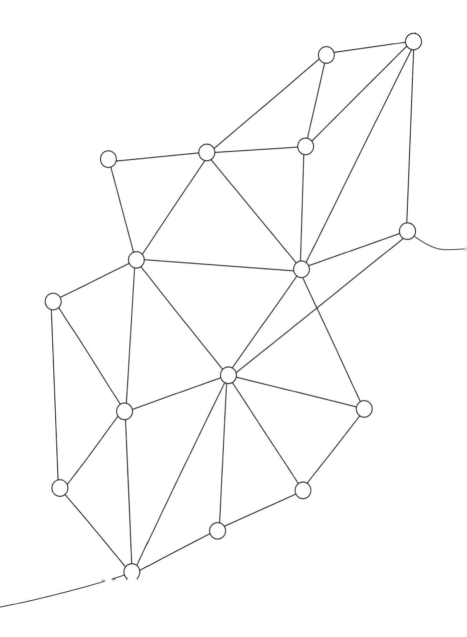

그레은 움베르토 에코가 '리좀'을 미로라고 부르는 것을 만들었다.

리좀은 풀, 대나무, 포플러나무처럼 사방으로 퍼져나가는 식물들의 뿌리를 가리킨다. 리좀은 각각의 식물들에게서 개별적으로 뻗어나가는 뿌리가 아니라 서로 엉킨 하나의 덩어리이며, 그렇게 교차되는 두 지점이 여러 가지 방식으로 연결될 수 있다. 에코는 이런 미로가 "항상 우리에게 낯선 길을 제시하는 연결망을 가능케 한다"고 썼다. 이어서 그는 이렇게 말했다. "… 그래서 절대로 밖으로 나갈 수 없을 것 같다는 느낌을 받게 된다."

아르헨티나의 작가이자 사서인 호르헤 루이스 보르헤스(Jorge Luis Borges)는 자신의 단편소설인 〈바벨의 도서관〉에서 사방으로 뻗어나가는 육각형 진열실들의 연결망인 리좀형 우주를 상상한다. 이를테면 각 진열실에는 스무 인 책장이 있고 선반마다 책이 32권씩 꽂혀 있다. 각 책이 면수는 모두 410쪽이며 책에는 가능한 모든 글자의 순열이 포함되어 있다.

그 이야기에서 여행자-사서들은 이 이상한 세계의 신비를 해명해줄 전설적인 안내서, 도서관 속 무한한 책들의 서지정보가 모두 담긴 편람 중의 편람을 찾기 위해 진열실에서 진열실로 이동한다. 그러나 화자는 결국 이 도서관에서 아인슈타인이 말한 '구면 기하학'이 적용된다는 것을 깨닫게 된다. 즉 공간이 모든 방향에서 순환하기에 아무리 앞으로 나아가도 결국 자기 위와 아래에 있는 아주 적은 수의 책들만 확인하고 처음 출발했던 육각형으로 돌아오게 되는 것이다.

'우주적인 행렬이 존재할 수 있을까?' 그렉은 그가 집필한 미로 책들 가운데 하나에서 이와 같은 질문을 던지면서 이렇게 말했다. "그것은 유한하면서 동시에 무한하다."

39

그렘은 미로 설계의 다음 원칙을 가리켜 '부분 뺄브'라고 불렀다. 이것이 바로 그렘이 설계한 미로가 가진 가장 독특한 부분이다. 서로 뒤틀리고 소용돌이치는 세 개 이상의 경로로 구성되어 있기에 그의 미로는 소용돌이나 사이클론 또는 나선형 은하와 비슷해 보인다.

미로를 탐험하는 사람들은 이 나선형 구조로 들어가나 나선이 '눈'인 중심부의 공터로 나온 뒤 그다음으로 자기가 나아갈 경로를 선택하게 된다. 어떤 경로를 선택하는 확률적으로 보행

지는 자기가 온 길을 되짚어 가기 위해 애쓰게 되는다는 통계가 있다. 나선형이 중심부에서 나가는 곳으로 돌아갈 때 원래 어느 경로에서 들어왔는지를 떠올리기가 어렵기 때문이다.

그래서 이러한 나선은 미로라는 시스템에서 일종의 뺄브 역할을 한다. 즉 한 구역에서 다른 한 구역으로의 이동을 특정하하여 먼저 반대되는 방향으로의 이동을 제한하는 것이다. 이러한 통제는 세 갈래 경로일 때 효과적이지만 그렘은 다섯 갈래 경로를 선호했다.

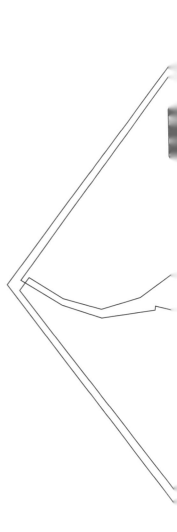

그렉은 미로 안에서 '흐름'을 제어하는 방법으로 부분 밸브를 생각했다. 우리 유인망이 이와 똑같은 방식으로 작동한다.

그들과 고리로 만들어져 인공적인 도랑 위에 설치하는 이 구조물은 언제 영국과 네덜란드 전역에서 흔히 볼 수 있었다.

오리는 천성이 호기심이 많은 새로, 사냥꾼은 오리를 사냥할 때 오리의 이 타고난 성질을 이용한다. 사냥꾼들은 덫을 설치하고선 자매집에 능한 작은 몸집이 스패니얼 종 개를 부려 오

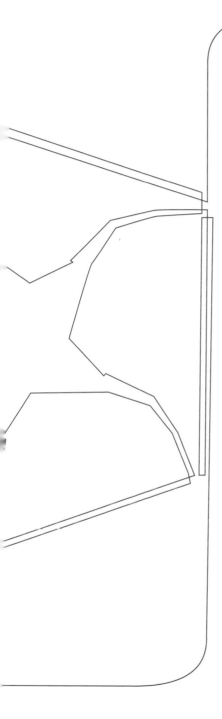

리를 닮아 입구 쪽으로 볼록한 다음 자신들은 곡선형 도랑을 따라 비스듬히 설치하는 가림막 뒤에 숨어 기다린다. 개에게 쫓겨 첫 번째 가림막을 통과한 오리들은 첫 번째 사냥꾼을 발견하고 곁에 질려 더 세게 물을 휘젓는다. 가림막마다 새로운 사냥꾼이 나타나면 곁에 질린 오리들은 점점 좁아지는 파이프 끝까지 헤엄을 치다가 결국 사냥꾼의 자루, 말 그대로 막다른 지점에 몰리게 된다.

뱀장어 통발, 랍스터 통발, 맨 끝 닻도 비슷하게 일방향으로 설계된다. 시

칠리아에서는 해마다 참치를 대량으로 포획할 수 있는 시기가 오면 바다에

서 4~5킬로미터 떨어진 곳에 뼈들로 연결된 그물망 '방'을 미로처럼 설치

한다. 이른바 마탄차(mattanza)라고 불리는 조업 방식이다. 참치는 '죽음의

방(Camera della morte)'이라 불리는 마지막 지점에 다다를 때까지 이 장치

를 서서히 좁고 들어간다. 마지막 방이 가득 차면, 참치잡이 어선에서 그물

을 수면 위로 끌어올리고 어부들은 숨을 헐떡이는 참치의 죽음을 지켜본다.

스웨덴과 핀란드 해안에는 주먹만한 크기의 돌덩이들을 쌓아 만든 수백 개의 미로가 흩어져 있고 그 기원이 매우 불확실하다.

고대 로마에서는 정령을 가두는 함
정이라고 해서 문지방 근처에 미로를
배치했고, 오늘날 인도 남부에서도 문
앞에 쌀가루를 묻혀서 그린 부적과 같
은 미로를 볼 수 있다. 한때 스코틀랜
드에서는 헛간 문과 외양간 바닥에 파
이프 점토로 '엉킨 실' 모양을 표시해
서 영적인 힘을 끌어들이기도 했다.

얽힌 실과 마가목 씨앗
마녀들은 속도를 줄여라.

이 미궁은 미신을 믿는 어부들에게 초자연적인 함정으로 사용되었다. 어부들은 미궁을 통과하면서 스모구바르(smågubbar)라는 자그맣고 사악한 악령들이 그들을 따라오도록 꾀었다. 예로부터 악령은 직선으로만 이동할 수 있으므로 미궁으로 유인된 악령은 그 안에 갇히게 된다. 그 사이에 어부들은 악령이 탈출해 악천후를 일으키기 전에 풍어를 기원하며 바다로 출항했다.

1955년에도 보트니아 만으로 쑥 들어간 스웨덴의 바위투성이 쿠고렌 곶에서 한 어부가 이런 미로 안을 달리는 모습이 목격되었다. 그는 달리면서 자신의 발뒤꿈치 가까이까지 쫓아온 스모구바르의 주의를 분산시키기 위해 손바닥에 침을 뱉은 다음 어깨 너머로 던졌다.

소를 움직이기 시작하는 바로 그 순간 삐삐 소리를 내며 울리기 시작했다.

이비스가 트랙터를 가지러 간 사이 그렉은 미로에 웅크리고 앉아 어린 황소의 머리를 받쳐줬다. 그리고 소의 동그란 눈을 들여다보면서 부드러운 목소리로 달랬다. 이비스는 투덜대면서 트랙터를 돌려 세워놓은 다음 도랑으로 뛰어내려 황소 뿔에 두꺼운 밧줄을 감았다. "장님이 장님을 인도하면 둘 다 도랑에 빠지는 법이지." 밧줄의 다른 쪽 끝을 차에 묶고 천천히 차를 움직이자 밧줄이 팽팽해지기 시작했다. 황소의 목이 위로 쭉 뻗으면서 눈이 커졌다. 갑자기 뿔 하나가 밑둥부터 부러지면서 황소의 머리에 피 묻은 둥그런 상처 자국을 남겼다. 이비스는 욕설을 내뱉으면서 황소 턱 아래와 목 주위에 밧줄을 감아 다시 한 번 구출을 시도했다. 이번에는 마치 탯줄에 이끌리듯이 황소가 큰 소리를 내며 진흙탕에서 휘청거리며 빠져나왔다. 소는 둑 위로 기어 올라와 비틀거리며 일어섰다. 이비스는 밧줄을 풀고 소의 옆구리를 두드려서 쫓아 보냈다. 며칠 뒤 황소가 어떻게 됐는지

어느 날 황소 한 마리가 필턴에 있는 그렉의 미로에 우연히 들어와 진흙탕에 빠졌다. 소는 뿔을 이리저리 내젓고 눈알을 굴리면서 버둥거렸다. 그렉은 농장으로 달려가 막 점심을 먹으려던 이비스를 데려왔고, 둘은 함께 상처 입은 짐승을 살펴봤다. 황소는 주둥이를 축 늘어뜨린 채 시궁창에서 허우적거리며 점점 절망에 빠져들고 있었다. 이비스가 키우는 젖소가 아니라 근처 농장에서 빠져나와 떠돌아다니던 소인 것 같았다.

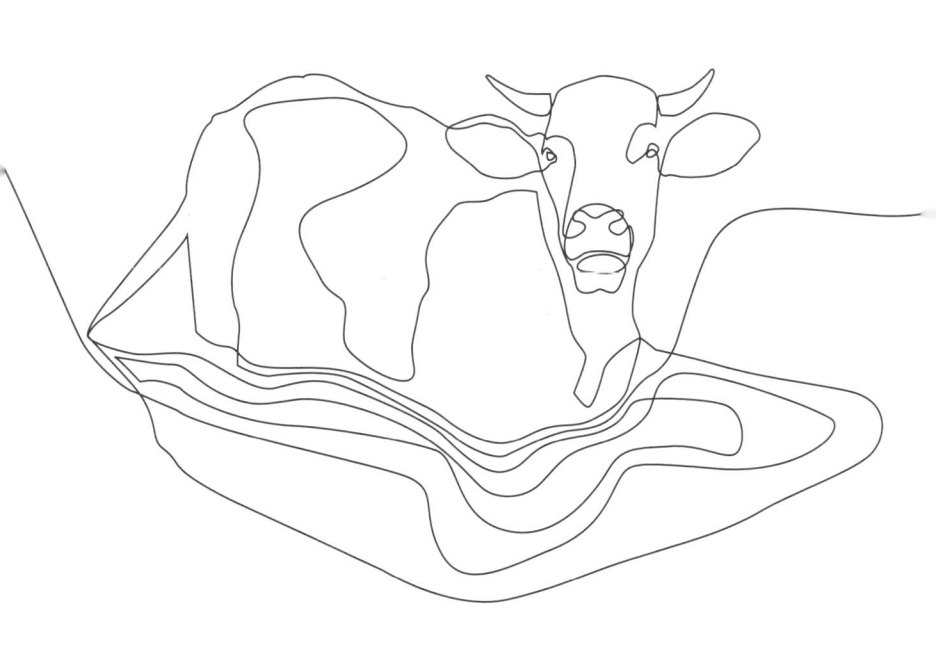

프란츠 카프카의 단편소설 〈작은 우화(Kleine Fabel)〉는 몇에 결판든 동물 이야기를 묘사해 인간이 처한 폐소공포증에 걸릴 것 같은 상황을 그려낸다. 우리는 경계도 없고 특색도 없는 세계를 두려워하기 때문에 세상에 체계를 부여하지만 큰 그 경계들이 참을 수 없을 정도로 좁고 갑갑하게 느낀다. 우리는 그렇게 몇에 빠졌고 죽음이 우리를 따라잡고 있음을 깨닫는다.

좁아지는 벽들은 우리 존재의 한계를 상기시키지만 미로는 다르다. 미로는 우리에게 구원이라는 기대를 선사한다. 중심부에서 목표를 달성한 다음 돌아서서 다시 세상 밖으로 빠져나갈 가능성이 있기 때문이다.

사람들은 미로와 미로 제작자 모두에 맞서 미로 속을 기어이 미궁을 빠져나가 퀘스트에 도전함으로써 ...한다.

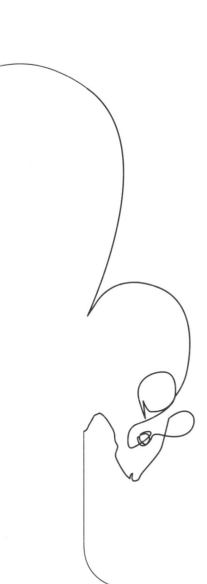

"아이고." 생쥐가 말했다. "세상이 날이 갈수록 좁아지고 있어요. 처음에는 너무 넓어서 무서웠는데, 계속 달리다 보니 마침내 저 멀리 좌우로 벽이 있는 게 보여서 기뻤죠. 그런데 그 긴 벽들이 가뿐게 가까워지더니 어느새 마지막 방에 도착해버렸고, 지금 저는 저 구석에 도사린 덫을 향해 달려가고 있어요." "그럴 땐 방향만 바꾸면 된단다." 고양이가 이렇게 말하고선 쥐를 먹어치웠다.

퀘스트

비스킷을 게걸스럽게 먹어치우는 노란 잎아귀를 불량
기, 펑키, 잉기, 클라이드라는 유령이 뒤쫓는다.

우리는 지옥에서 넘어온 악마의 첨단에 맞서 싸우면서
화성의 위성인 포보스에 세워진 미로와 같은 군사 기지를
돌아다니는 우주해병이다.

아쩐한 하이의 차림의 육각적인 전사는 괴물들을 죽이고
수수께끼를 풀어가며 여러 개의 지하 미로를 통과해 아름
란티스 유폼 가운데 하나인 부적들의 조각을 모은다.

비디오 게임은 미로가 가진 도전 과제적인 특성을 제빠르게 받아들였다. 수수께끼 같은 통로는 가상현실 속 용사들에게 맞춤한 환경이었다. 최초의 미로 게임은 1973년에 등장했다. 〈갓차(Gotcha)〉는 벽이 끊임없이 변하는 미로를 배경으로 한 2인용 아케이드 게임이다. 추격자는 화면상의 사각형을 조종해 다른 플레이어의 플러스(+) 기호를 쫓는다. 두 기호 사이의 간격이 좁아질수록 지속적으로 울리는 전자 신호음이 더 크게 그리고 자주 들리고, 사각형이 마침내 플러스 기호를 잡으면 플러스 기호가 화면에서 지워진다.

게임 제조사는 이 게임을 가리켜 "수많은 시련들과 박진 설렘으로…… 플레이어의 감정을 들었다 놨다 하며 아드레날린을 솟구치게 하는 짜릿한 '고양이와 쥐' 게임"이라고 선전했다.

51

모든 미로는 미로 제작자와 탐색자 사이에서 벌어지는 고양이와 쥐 게임이다. 제작자는 자기가 가진 패를 먼저 보여주면서 자신이 설계한 미로를 헤쳐 나가보라고 탐색자에게 도전장을 던진다. 탐색자는 이 도전을 받아들여 미로로 들어간다.

위험도가 낮을 때의 미로는 어렵기는 해도 재미있는 퍼즐이다. 예를 들어 16세기 파도바의 조각가 프란체스코 세갈라(Francesco Segala)는 다양한 미로 도면들을 엮은 《미궁의 책(Libro dei Labirinti)》을 제작했다. 이 책에는 깡충거리는 어릿광대, 다리가 열 개 달린 게, 범선, 달팽이 등의 모양으로 만든 장난기 넘치는 미로 퍼즐들이 가득하다.

여기서 시간까지 제한되면 게임이 더욱 재미있어진다. 1967년 앨런 플레처(Alan Fletcher)는 런던 워런 스트리트 역의 빅토리아 선 플랫폼에 타일 미로를 설치했다. 이 미로는 해결하는 데 4분이 걸리도록 설계되었다. 이는 다음 열차가 도착하기까지의 평균 대기 시간인 3분보다 조금 더 긴 시간이다.

줄루 족의 전통 놀이인 츠마 소게세(tshuma sogexe)의 경우에는 정면 승부의 특성이 두드러진다. 첫 번째 소년이 모래 위에 두 개의 목표 지점이 있는 미로를 그리는데, 목표 지점 중 하나는 '오두막 궁전'이라고 부른다. 그는 친구에게 풀 줄기를 사용해서 왕실 오두막으로 향하는 올바른 경로를 따라가보라고 제안한다. 두 번째 소년인 친구가 미로를 찾다가 실수를 하거나 오두막 궁전이 아닌 다른 오두막에 도착하면 첫 번째 소년이 "와푸카 소게세!"(넌 미궁에서 길을 잃었어!)라고 외친다.

베르길리우스는 《아이네이스(Aeneis)》에서 기원전 1세기에서 서기 1세기에 로마에서 유행했던 루수스 트로이아에(Lusus Troiae), 즉 '트로이 게임'에 대해 설명했다.

트로이 게임은 진짜 게임이 아니라 로마에서 국장을 치를 때 귀족 소년들이 선보이던 승마 행사였다. 베르길리우스의 설명에 따르면 영웅 아이네이아스와 그의 트로이 출신 동료들이 고안한 것이라고 한다.

군사력을 과시하기 위해 행해지는 이런 기마술의 복잡한 기동은 미궁의 고리 모양을 모방한 듯하다.

그 옛날 높은 산으로 이루어진 크레타 섬에는
미궁으로 이루어진 유명한 전시실이 있었다.
빛이 없는 벽 사이로 이어지는 수천 개의 길,
모든 실마리가 헤매는 이를 혼란에 빠뜨려
　잘못된 길로 인도한다.
돌아올 수 없는 어둡고 캄캄한 미로 속에서,
전투를 흉내 내는 트로이의 아들들 또한
그렇게 물러나고 또 돌진하며
　자신들의 미로를 엮어냈을까?

루수스 트로이아에의 과제는 엄격하게 제한된 미로 패턴 안에서 자신의 기술과 정확성, 용기를 선보이는 것이었다. 〈팩맨(Pac-Man)〉 게임과 마찬가지로 로마에서도 미로는 영웅이 되고자 하는 이들을 위한 시험장 역할을 했다.

하지만 오늘은 모래에 낙서를 하다가 문득 어떤 아이디어가 떠올랐다. 그는 공전 밖에서 작업 중인 기술자들을 바라봤다. 그들이 사용하는 기계, 톱니바퀴, 도르래가 눈에 들어왔다. 소년은 벽에 일어나서 튼튼한 장대를 숲속으로 끌고 가 적당한 받침점을 찾으려고 석판 주위를 이리저리 살펴봤다.

소년은 지렛대 삼아 장대를 돌 아래에 받쳤다. 그러자 놀랍게도 거대한 바위가 몇 센티미터 정도 공중으로 들렸다. 그는 잡고 있던 장대 끝을 나무뿌리 밑에 끼운 다음 다시 석판으로 달려가 바닥에 엎드리고선 바위 밑으로 손을 넣었다. 소년은 팔을 힘껏 뻗어 석판 밑을 훑어봤지만 아무것도 잡히는 게 없었다. 그러다가 어느 순간 손가락이 구멍이 가장자리 틈새에 닿았고, 그 안으로 간신히 손을 넣어봤다.

그곳에는 보석으로 장식한 샛별 한 결레와 정교하게 세공한 검 한 자루가 놓여 있었다. 검에는 아테네 왕가인 에레크투니우스의 뱀 문양 인장이 새겨져 있고, 칼자루 아래에는 소년의 이름이 새겨져 있었다. 바로 '테세우스'였다.

영웅 지망생인 한 소년이 앉아 어떤 패턴을 그리고 있다.

소년은 트로이젠 왕 피테우스의 손자다. 그는 왕족이지만 사람들이 자신에게서 느낄 틈틈이 스파이리아 섬에서 자기 어머니와 함께 누워 있다가 바다로 사라진 이야기를 알고 있다. 예전에는 그도 그 이야기를 믿었지만 이제는 자신의 친아버지가 자기와 어머니를 버리지 않았더라면 좋았을 것이라고 생각한다.

소년은 제우스의 신성한 숲속 동굴에 시달린 거대한 제단 석판 옆에 앉아 있었다. 이 돌덩이도 또 다른 놈들의 대상이었다. 그의 아버지가 사라지기 전에 이 거대한 석판 아래에 어떤 징표를 남겼다고 하는데, 그러려면 먼저 거대한 돌을 들어 올려야 한다. 소년은 경험상 사람 힘으로는 그런 일이 불가능하다는 걸 알고 있었다.

테세우스의 마지막 업적은 마라톤 황야에서 불을 뿜는 한 황소에게 용감하게 맞선 것이다. 이 거대한 짐승은 지혜로 초토화시키면서 가까이 다가오는 자들을 모조리 죽였다. 그러나 테세우스는 깊은 고생 끝에 황소를 제압한 다음 아테네의 거리를 지나 아크로폴리스의 가파른 길로 끌고 가서 아테네에게 제물로 바쳤다.

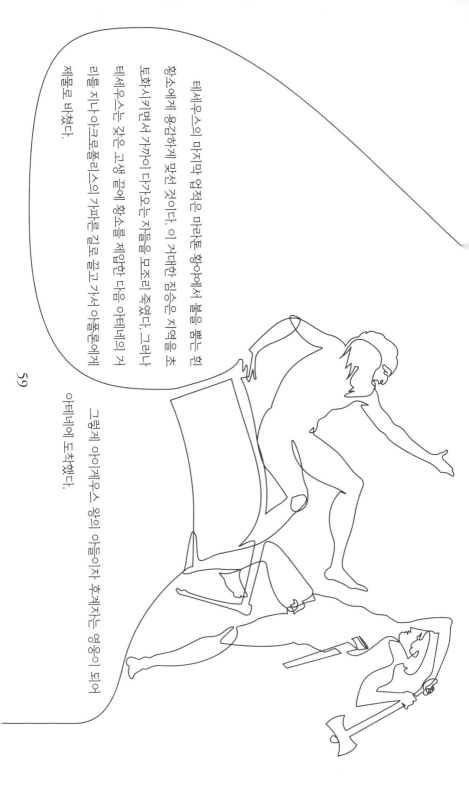

그렇게 아이게우스 왕의 아들이자 후계자는 영웅이 되어 아테네에 도착했다.

테세우스의 친부인 아이게우스 왕은 아직 태어나지 않은 아들을 위해 이런 시험을 마련해 두었다. 테세우스가 힘이나 재치를 발휘해 바위를 들어 올릴 수 있다면 그만큼 능력이 있다는 것이다. 만약 그럴 능력이 없다면 그는 중상모략이 판치는 아테네의 정계에 참여할 위험이 없는 안전한 트로이젠에 남아 있는 편이 나을 것이다.

이제 테세우스는 행동을 취해야 했다. 그는 쉬운 뱃길 대신 위험하기로 악명 높은 육로를 따라 출발했다.

대영 박물관에는 기원전 5세기에 제작된 손잡이가 두 개 달린 킬릭스 잔이 보관되어 있다. 이 잔에는 테세우스가 아테네로 가는 길에 영웅 헤라클레스를 흉내 내면서 겪었던 여러 가지 모험을 묘사한 그림이 새겨져 있다.

먼저 그는 곤봉을 휘두르는 페리페테스를 죽이고 그의 살벌한 무기를 차지했다. 그다음에는 함정 구부린 소나무 두 그루에 희생자를 묶은 뒤 나무를 튕겨내 사지를 찢어 죽이는 시니스를 만나 그가 해온 그대로 되갚아줬다. 테세우스의 세 번째 모험은 크롬미온의 사나운 암퇘지 파이아와 싸운 것이다. 다음에는 이방인을 바다로 걷어차 괴물 같은 거북에게 잡아먹히게 만드는 코린트 사람 스키론을 죽였다. 이어서 이크카아에서는 레슬링을 하자며 씨름을 거는 케르키온을 상대했고, 마지막으로 프로크루스테스를 퇴치했다. 프로크루스테스는 지친 여행자를 자기 침대에서 재우고는 침대 길이보다 키가 작은 사람은 잡아늘려서 길이를 맞추고, 키가 큰 사람은 침대길이에 맞춰 다리를 잘라버리는 악당이었다.

네팔의 전설적인 도시 심라운가드는 일곱 개의 길과 네 겹
의 방어 요새로 이뤄진 방어용 미궁으로 둘러싸여 있었다. 불
행하도 그 도시는 간신에게 배신당했으나, 간신은 적군 쪽을
향하던 성벽이 그래서야 도시의 오른쪽 방향을 향하게 되었다.

아테네의 강점은 아크로폴리스에 있었다. 이 신성한 장체는 아티카 평야 위로 깎아지는 듯 솟아오른 구릉지 위에 세워져 있었다.

일곱 바퀴를 도는 미궁의 패턴은 한 도시의 방어벽으로 여겨졌다. 따라서 아이들의 놀이에서 정교함을 따라 달린다는 것은 방어벽으로 보호받는 도시에 대한 공격을 의미한다. 영국의 잔디 미로는 트로이의 이름을 따서 트로이 타운, 트로이의 벽, 트로이의 범선 등으로 이름 붙여졌다. 스칸디나비아에서도 미로를 트로옌보르그(Trojenborg)라고 부르고, 웨일스의 언덕 꼭대기에 있는 미로는 안네 카에드로이아(Caerdroia), 즉 '트로이의 도시'라고 불렀다. 트로이는 일곱 겹의 성벽으

로 둘러쳐져 있었다고 한다. 아킬레우스는 성벽을 따라 헥토르를 추적하다가 결국 그를 죽인 뒤 시신을 끌고 다시 성벽 주위를 돌았다.

헬싱키 근처에 있는 미궁은 예루살렘의 폐허, 니네베 시, 예리고 성벽 등 다른 도시들의 이름으로 불린다. 여호수아는 가나안 정복 중에 여리고 성을 공격했다. 이헤께서 그에게 7일 동안 매일 한 바퀴씩 일곱 제사장이 일곱 나팔을 불면서 성벽을 돌게 하라고 지시했다. 그리고 마지막 일곱째 날에는 성벽을 일곱 번 돌게 했다. 여호수아가 이헤의 제시대로 향하자 성벽이 무너졌다.

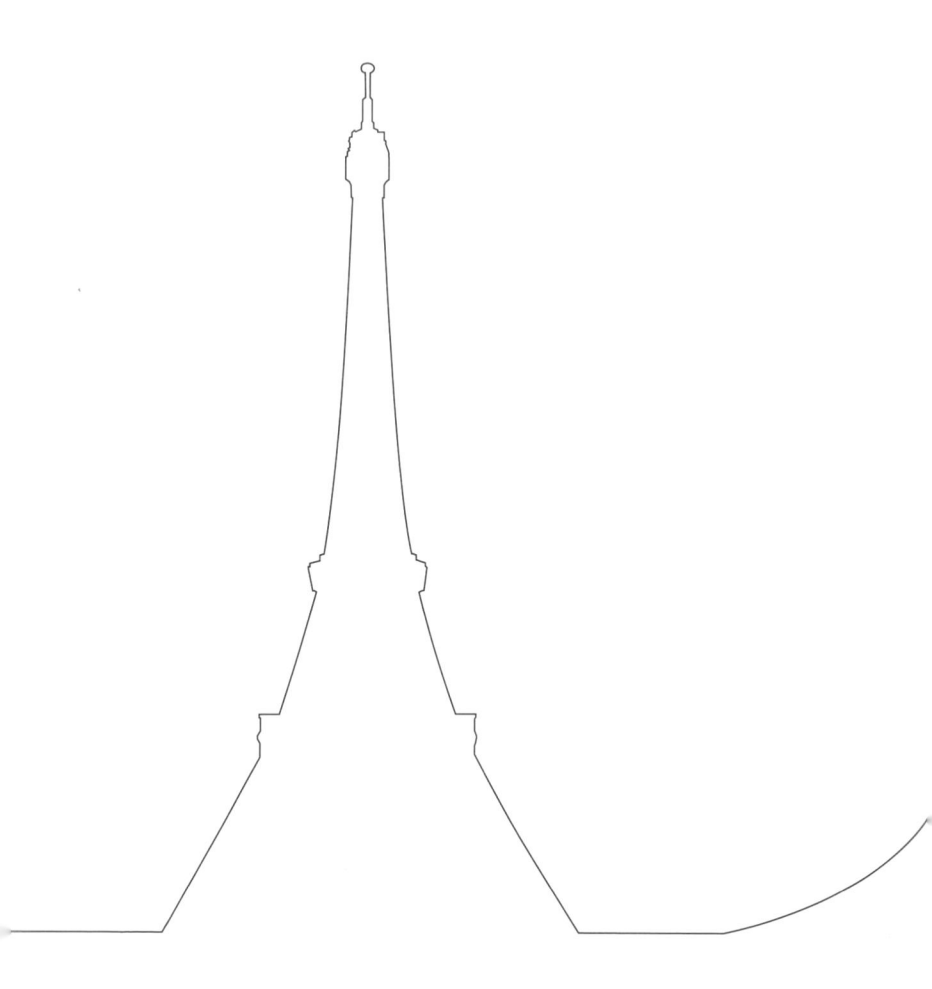

다음 세기에 발터 벤야민(Walter Benjamin)은 파리 시내 아래에 존재하는 또 다른 미로를 이렇게 묘사했다. "이 미로 내부에는 한 마리가 아닌 열두 마리의 눈멀고 성난 황소가 숨어 있는데, 일 년에 한 번씩 테베 처녀 한명이 그 입 속으로 들어가는 게 아니라 매일 아침 빈혈기 있는 젊은 재봉사와 잠이 덜 깬 점원 수천 명이 그 속으로 몸을 던진다."

현대 도시도 전설 속의 도시들만큼이나 미로처럼 복잡할 수 있다. 1993년, 시각장애인들과 시각장애 아동을 위한 학교인 뉴 칼리지 우스터는 아네카 라이스(Anneka Rice)에게 현대 도시의 특징을 재현한 다중감각 미로를 만들어달라고 요청했다. 라이스는 보행자가 신호를 조작해서 건널 수 있는 교차로 횡단보도, 포장도로, 자동차 진입 억제용 말뚝, 낡은 비계, 우편함과 주차된 차량 등을 설치했다. 덕분에 학생들은 도시 속 미로를 안전하게 통과하는 연습을 할 수 있었다.

　　빅토르 위고(Victor Hugo)의 《레미제라블(Les Misérables)》에는 장발장이 파리 도심 밑에 있는 하수도망을 통해 부상당한 마리우스를 옮기는 장면이 나온다.

　　"만약 지표면을 꿰뚫어 볼 수 있다면 파리의 밑바닥은 거대한 돌산호와 같은 모습을 드러낼 것이다. 해면조차 고대의 대도시가 올라앉아 있는 이 24킬로미터 둘레의 땅덩이보다 좁은 통로들이 숭숭 뚫려 있지는 않을 것이다. 이리저리 갈라지는 동굴 같은 카타콤이나 얽히고설킨 가스관의 격자형 구조물은 말할 것도 없고, 급수전까지 배수가 이어지는 방대한 배관 시스템을 차치하더라도, 하수구 자체만 따져도 양쪽 강둑 아래에서 어마어마한 규모의 연결망이 숨겨져 있다. 이는 곧 미궁이니, 내리막이 길을 찾는 단서가 된다."

월링거의 미궁은 런던 시민들에게 도시를 경험하는 새로운 방식을 제시
한다. 작가 윌 셀프(Will Self)는 말한다. "'라비린스'는 우리가 겪어온 익숙했
던 런던을 신화적인 영역과 잇고, 여상한 우리네 삶에서 오디세이 또는 퀘
스트의 본질을 여행할 수 있도록 이끈다."

런던에도 이와 비슷하게 도시의 내장 같은 교통 시스템이 존재한다. 최근 런던 지하철의 모든 역에 '라비린스'라는 이름의 영구 전시되는 작품이 배치되었다. 예술가 마크 월링거(Mark Wallinger)는 지하철 역마다 하나씩 총 270개의 금속판을 만들어 전시했는데, 각 작품마다 독특한 미궁 디자인이 담겨 있다. 그는 각각의 패턴에 대해 '수백만 런던 시민들이 미궁과 같은 철도망에서 매일같이 마주하는 일상의 방향성과 사색을 일종의 정신적 지도로 표현하고자 했다'고 설명했다.

어떤 이들에게 도시 탐험이란 먼저 도시가 가진 미로와 같은 특성을 깨닫고, 이를 이겨내고자 시도하는 도전이다.

상황주의자들은 파리의 도로, 광고, 표지판, 지도가 시민들에게 자본주의의

규칙을 따르도록 강요하고 있다고 여겼다. 1960년대에 기 드보르(Guy

Debord)가 이끄는 상황주의자들은 도시에서 부지불식간에 강요받는 길을

거부하고, 그 대신 모두가 따르게 되는 정해진 경로에 맞서 발이 가는 대로

헤매어보는 데리브(dérive)라는 개념을 제시했다.

그와 동시에 파리의 작가들은 문학 실험을 통해 상황주의자들의 도전을 재연했다. 자신들의 모임을 가리켜 잠재 문학 작업실(ouvroir de littérature potentielle)의 줄임말인 '울리포(OULIPO)'라고 칭한 레몽 크노(Raymond Queneau)와 조르주 페렉(Georges Perec) 같은 작가들은 글쓰기에 인위적인 제약을 만들기 시작했다. 예를 들어 페렉이 쓴 320페이지 분량의 소설 《실종(La Disparition)》은 안톤 보일(Anton Voyl)이라는 등장인물이 실종을 다룬 스릴러다. 하지만 이 책에서 '정말 사라진 것은 'e'라는 문자다. 페렉은 이 소설을 쓰면서 알파벳 e를 단 한 번도 사용하지 않았다.

영국 비평가 필립 하워드(Philip Howard) 역시 《실종》에 대해 비평하면서 문자 'e'를 사용하지 않았다. "플롯 속의 플롯, 반복되는 순환 속에서 반복되는 순환, 저자를 쫓는 저자로 가득 찬 이야기를 통해 저자가는 야방가르드한 마술사, 곡예사, 광대로서 평소(갈고닦은 기교를 선보였다."

크노는 울리포의 동료들을 '쥐'라고 불렀다. "그들은 미로를 만들고 거기서 탈출하려고 애쓴다."

67

많은 동물에게도 미로를 통과하는 방법을 가르칠 수 있다. 지렁이는 갈림길이 하나 있는 미로에서 어느 방향으로 가야 하는지 기억할 수 있고, 개미는 최대 열 개의 갈림길이 있는 미로에도 대처할 수 있다. 그러나 최고의 미로 달리기 선수들은 넓은 지하 굴 주변을 힘들이지 않고 돌아다닐 수 있도록 진화한 쥐들이다. 쥐는 미로 구조를 빠르게 학습해서 잘못된 움직임 없이 앞뒤로 이동할 수 있다.

햄프턴 궁전 미로를 축소시킨 건축 모형에 쥐들을 집어넣는 실험이 진행된 적도 있었다. 연구자들은 미로 디자인과 난도를 다양하게 변경하면서 미로의 변화에 대처하는 쥐의 뇌를 분석했고, 이를 바탕으로 공간학습과 기억에 관해 연구한 뒤 인간을 비롯한 다른 종에도 적용되는 통칙을 정리했다.

제임스 대시너(James Dashner)의 소설 《메이즈 러너(The Maze Runner)》에 나오는 '공터인(Glader)', 즉 기억상실증에 걸린 소년들은 자신들이 거대한 콘크리트 미로의 중심에 놓여 있는 '인간 쥐'라는 사실을 깨닫는다. 1.6킬로미터 높이의 벽은 기계의 힘으로 움직이면서 매일 밤 공터의 구조를 바꾼다. 가장 빠른 소년들은 낮 동안 미로 안을 달리면서 탈출구를 찾는다. 그러다가 '공터'란 인간의 탈출 능력을 시험하기 위해 특별히 고안된 실험의 일부라는 사실이 드러난다.

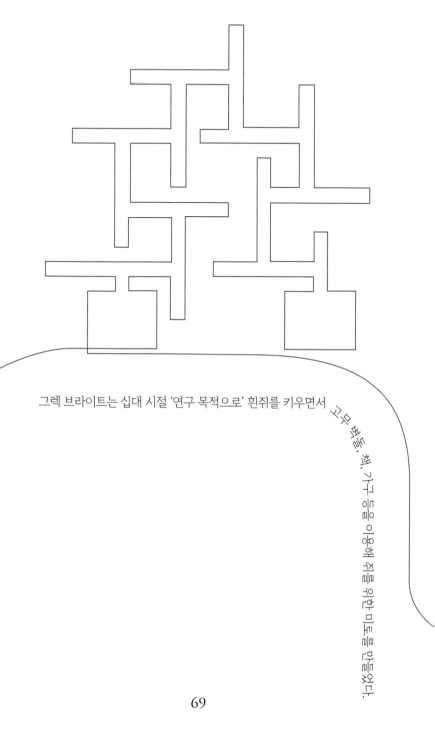

그렉 브라이트는 십대 시절 '연구 목적으로' 흰쥐를 키우면서 고무 벽돌, 책, 가구 등을 이용해 쥐를 위한 미로를 만들었다.

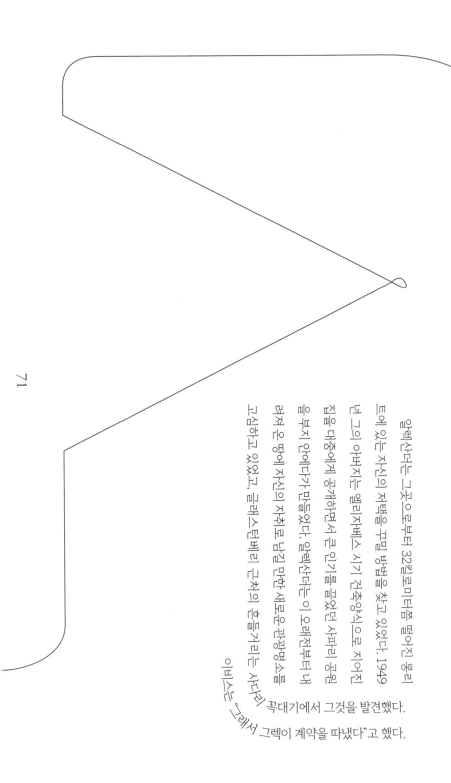

알렉산더는 그곳으로부터 32킬로미터쯤 떨어진 둘리 트에 있는 자신의 저택을 꾸밀 방법을 찾고 있었다. 1949 년 그의 아버지는 엘리자베스 시기 건축양식으로 지어진 집을 대중에게 공개하면서 인기를 끌었던 사파리 공원 을 부지 안에다가 만들었다. 알렉산더는 이 오래전부터 내 려져온 땅에 자신의 저택을 남길 만한 새로운 관광명소를 고심하고 있었고, 글랜스턴베리 근처의 흐를거리는 사다리 꼭대기에서 그것을 발견했다.

이비스는 "그래서 그렉이 계약을 따냈다"고 했다.

71

2011년 핀턴을 방문했을 때 마이클 이베스는 내게 그림이 만든 참호 미
로가 있었던 자리를 보여줬다. 이제 그곳에는 그의 흔적들
이 모두 사라졌고, 미로는 갈대와 비드나무가 울창한 연못
으로 변해 있었다.

마이클에게 미로 공사가 끝난 다음 그림에게 무슨 일이
있었는지를 물어봤다.

"배스 경에게 전화가 왔어요. 그는 이렇게 말했죠. '신대
배스 경이 아직 살아 계셨을 때라서 당시에는 그를 웨이머
스 경이라고 불렀죠. 그가 미로를 좀 볼 수 있겠냐고 물어
기에 그런다고 했죠."

그래스- 현재 배스 경이 된 알렉산더 틴(Alexander Thynn)
이 그림의 미로를 살펴보러 왔다. 워디펌에 도착한 그는 미
로를 위에서 내려다볼 수 있는지를 물어봤다.

"사다리가 두어 개 있다고 했죠. 사다리를 끝으로 묶어서
연결하면 높이 올라갈 수 있다고요. … 그래서 붙어서 긴
사다리를 뮤었습니다. 그 사다리가 아마 저니무만큼이나 높
았을 겁니다. 그리고 그는 우스꽝스럽게 생긴 바지에 다리
에는 가죽 각반을 맨 차림으로 사다리에 올라갔어요. 사실
정말 웃기는 모습이었지요. (…그림과 내가) 사다리 안쪽을 잡
고 있었고, 이제 배스 경이 된 웨이머스 경이 … 사다리 꼭대
기까지 올라갔는데 정말 아찔했었습니다. (…그는) 까딱하면
죽었을 수도 있었어요."

알렉산더는 그렉에게 롱리트의 미로 설계를 의뢰했다. 당시에는 별난 결정처럼 보였을 것이다. 울타리 미로를 만들려면 비용이 많이 들었고 새로운 미로가 흥행에 성공할 것이라는 확신도 없었다.

애초 계획은 집 앞 가까운 곳에 호수까지 이어지는 L자형 미로를 만드는 것이었다. 그러나 계획된 부지에 문제가 있었기 때문에 그렉은 저택 뒤편의 공간을 다시 제안받았다. 알렉산더는 그렉에게 넓은 들판을 보여주면서 그중 어느 정도나 사용하고 싶은지 물었다. 그렉은 들판 전체를 감싸는 선을 긋고는 세계에서 가장 큰 산울타리 미로로 그곳을 채우겠다고 답했다.

그는 처음부터 이 미로를 아주 어려운 난도로 만들 생각을 하고 있었고, 이로 인해 그가 '마나님 문제'라고 부르는 문제가 발생했다. "마나님이 미로 속에 갇히면 꺼내줘야 하니까요."

그래서 롱리트는 사실상 두 개의 미로로 구성되었다. 첫 번째는 그렉이 "매우 간단한 루프"라고 설명한 구조로 이뤄져 있다. 이 미로에는 '프라이팬'이라는 별명이 붙었다. '손잡이'를 따라 들어가 제한된 공간 안을 돌아다니다가 나무다리를 발견하면 프라이팬에서 튀어나와 '불구덩이' 속으로 뛰어내리게 될 수 있기 때문이다. 바로 그 지점에서 재빨리 포기하고 미로를 빠져나갈 수 있는 선택권이 생긴다. 그렇지 않으면 그렉 브라이트가 만든 화려한 미로의 본진으로 계속해서 걸어가게 된다.

　롱리트는 크기에서뿐만 아니라 미로 설계의 또 다른 원칙인 다리가 포함되어 있다는 점에서도 필턴의 미로를 능가한다. 롱리트의 미로에는 다리가 여섯 개나 있다.

　다리는 말 그대로 미로에 새로운 차원을 더한다. 2차원적인 미로의 패턴은 경로의 복잡성을 제한하기 마련이다. 예를 들어 미로를 복잡하게 구성하기 위해 공간 일부를 여러 가지 구상했던 것들로 채우다 보면 그만큼 나머지 공간을 채울 수 있는 옵션이 줄어들 수밖에 없다. 다리는 이런 제약을 완화시킨다. 미로 설계자는 중간에 있는 경로를 연결하지 않고도 다리를 통해 미로를 가로지르는 길을 만들 수 있다. 미로의 어느 부분을 연결시킬지에 대해 보다 효과적으로 제어할 수 있으므로 결과적으로 설계를 복잡하게 만들 기회가 더 많아진다.

처음에 그렉은 다리 대신 지하도를 추가하고 싶어 했다. 하나의 길을 다른 길 아래에 숨기려고 한 것이다. 그러나 그 방법은 비용이 너무 많이 들었다. 울타리의 규모는 6,000제곱미터에 달하며 영국 주목 1만 6,000그루로 구성되어 있었다. 여섯 명의 정원사로 이루어진 전담 관리 팀이 죽마에 올라탄 채 2.7킬로미터에 걸쳐 뻗어 있는 미로의 나무들을 다듬고 관리했다.

1978년, 대중에 공개된 이 미로는 탈출하는 데 한 시간 삼십 분 또는 그 이상이 걸릴 수 있음에도 개장하자마자 바로 큰 인기를 끌었다. 그 이후 배스 경은 롱리트 컬렉션에 미로 다섯 곳을 더 추가했지만, 그렉이 처음 만든 미로가 여전히 가장 많은 사랑을 받고 있다.

뒤이어 비슷한 시도들이 등장하기 시작했다. 놀이공원, 도심, 웅장한 주택 부지 등에 미로가 생겼고, 새로운 미로 설계자 집단도 나타나기 시작했다.

은퇴한 영국 외교관 랜돌 코트(Randoll Coate)는 글로스터셔의 레클레이드 밑에 '인간의 각인(Imprint of Man)'

이라는 미로를 설계했는데, 에펠탑만큼 키가 큰 거인이 남겼을 법한 발자국 모양처럼 만든 시설 미로였다. 발가락 자국 가운데 하나는 물방아를 돌리는 수로 안에 지어진 인공 섬으로, 작은 나무다리를 통해 그곳으로 들어갈 수 있다.

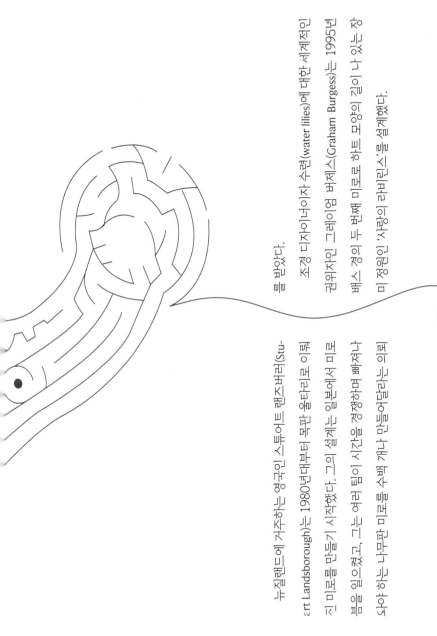

뉴질랜드에 거주하는 영국인 스튜어트 랜즈버러(Stuart Landsborough)는 1980년대부터 목판 울타리로 이뤄진 미로를 만들기 시작했다. 그의 설계는 일본에서 미로 붐을 일으켰고, 그는 여러 팀이 시간을 경쟁하며 빠져나와야 하는 나무판 미로를 수백 개나 만들어달라는 의뢰를 받았다.

조경 디자이너이자 수련(water lilies)에 대한 세계적인 권위자인 그레이엄 버제스(Graham Burgess)는 1995년 버제스 경의 두 번째 미로로 하트 모양의 길이 나 있는 장미 정원인 '사랑의 라버린스'를 설계했다.

한편 그랙은 런던 현대미술학회에서 '미로의 왕: 그랙 브라이트'라는 제목으로 미로 디자인 개인전을 열었다.

물리적 제약 없이 종이 위에 자유롭게 설계도를 그릴 수 있게 된 그는 수십 개의 난해한 디자인을 만들어냈다. 그리고 '이 미로는 시작도 끝도 없다', '난 당신이 이 미로에서 빠져나갈 수 있을 거라고 기대하지 않는다', '미로를 푸는 건 별로 의미가 없다'와 같이 도전자들을 자극하는 코멘트를 덧붙였다.

1975년 전시회의 하이라이트는 벽 전체를 가득 채운 거대하고 사이키델릭한 '세상 미로'였다. 그것은 다양한 색의 직선 경로들이 서로 다른 색의 상자 수십 개로 연결된 알록달록한 색감의 회로 기판과 비슷한 모습이었다. 세상 미로의 구성 원리는 그랙의 미로 설계 원칙에서 네 번째 항목인 '조건부 이동', 즉 언제나 특정한 경로만 '이용 가능'하다는 것을 바탕으로 삼는다. 미로에서 이동하려면 올바른 방법으로 경로에 접근해야 한다. 그녀의 색상 미로에서는 동시에 세 가지 색상만 허용'된다. 그리고 색상 상자에 도달할 때마다 허용되는 색을 선택하고 나머지는 버린다.

4년 뒤, 그레그는 《그렉 브라이트의 구멍 미로(Greg Bright's Hole Maze)》를 출간했다. 그는 이 책의 마흔여덟 페이지를 모두 활용해서 종이에 뚫린 무수한 구멍들을 통해 책의 특정 평면면을 가로질러 페이지 앞뒤로도 이어지는 하나의 거대한 미로를 만들었다.

"나는 우주에서 온 최초의 외계인 아니면 톰 고래 중에게서 나온 돌연변이 뉴턴이 그것을 본 것이었다."

모든 퀘스트에는 과몰입의 위험이 있다. 그렉은 미로에 대한 완전무결성에 집착하게 되었고, 그에 따라 사람들이 점점 그의 작업들을 버거워하기 시작했다.

"너른 들판처럼 편평하고 탁 트인 공간을 떠올리면서 그 주위에 울타리 같은 경계가 있다고 상상해보라. 이 들판은 어느 곳에서 든 접근할 수 있기 때문에 그 안에는 길이란 것을 딱 히 정해놓을 필요가 없다. 길이란 접근이 아닌 제한 의 개념이다. 따라서 하나의 경로, 즉 길이란 경계에 서 비롯된 것이다. … 이 울타리를 택한 다음 그 안으 로 걸어가는 것을 상상한다면 일종의 여닫이문도 상상할 수 있을 것이다. 나아가 미로란 경계를 중첩 시키는 작업이라고 정의할 수도 있을 것이다."

도편을 하나씩 뽑아 일곱 명의 소녀와 일곱 명의 소년을 선택한다. 선장이 이름을 부를 때마다 군중들 사이에서 신음소리가 퍼져나가고 호명된 아이는 비틀거리며 앞으로 나아간다.

마지막으로 선택된 사람은 그중 가장 어린 소년이었다. 그는 핼쑥해진 얼굴로 눈을 커다랗게 떴다. 아직 수염도 나지 않은 나이였다. 갑자기 누군가 소년의 어깨에 손을 얹었다. 테세우스가 소년의 옆에 섰다. 왕자의 몸에서 신과 같은 투명한 아우라가 솟아오르고 있었다. 그는 어린 소년을 들여보낸 다음 자기가 대신 가겠다고 자원했다.

한숨을 쉬던 군중은 왕이 승하했다는 공포를 들었을 때처럼 낮고 애절한 탄식을 내뱉기 시작했다. 아이게우스 왕은 큰 충격을 받았지만 그가 할 수 있는 일은 없었다.

테세우스가 배에 오르자 아이게우스는 아들의 손을 꼭 잡고 만약 그가 살아남는다면 흰 돛을 달라고 당부했다. 검은 돛을 단 배는 죽음을 뜻한다.

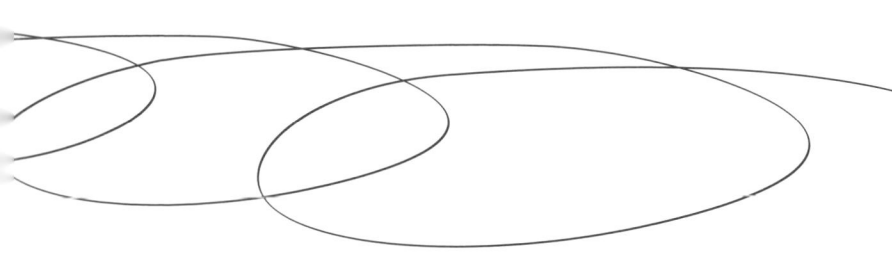

83

추첨일이 다가왔다.

8년에 한 번씩 크레타 섬에서 온 배가 검은 돛을 달고 수평선에 나타나면, 늘씬한 체격의 미노스 병사들이 자신만만한 걸음걸이로 아테네 시장을 향해 성큼성큼 걸어간다. 추첨 규칙은 다들 잘 알고 있다. 크레타에 공물을 바쳐야 한다. 추첨을 통해 뽑힌 젊은 남성 일곱 명과 여성 일곱 명은 바다 건너 미노스의 궁전으로 끌려가 미궁으로 안내된다. 지금까지 그곳에 들어간 어느 누구도 살아 돌아오지 못했다. 사람들은 미궁 속의 어둠, 피처럼 붉은 벽, 사나운 포효, 번쩍이는 한 쌍의 뿔에 대해 속닥거렸다.

크레타 인들은 아테네 젊은이들의 이름을 도자기 파편들에 적어 두 개의 커다란 항아리에 넣은 뒤 잘 섞었다. 올해는 테세우스도 추첨 대상 가운데 한 명이다.

추첨이 시작된다.

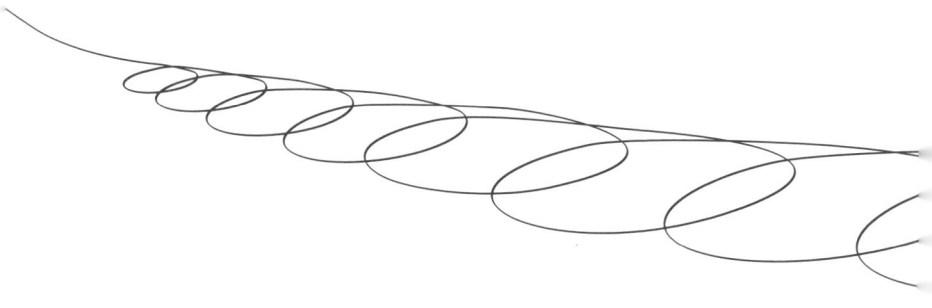

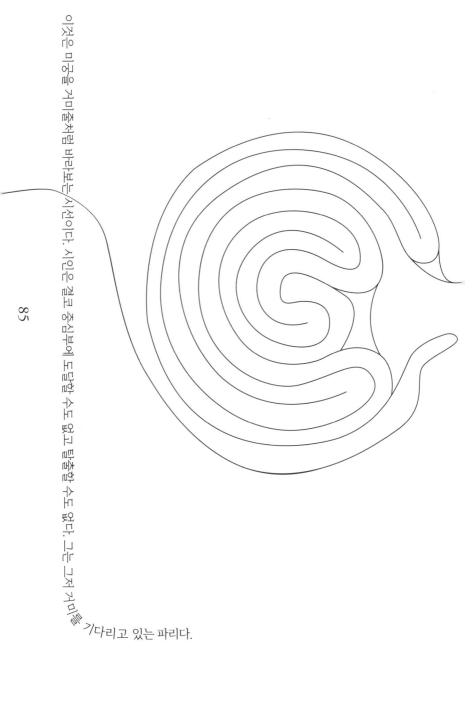

이것은 미로를 거미줄처럼 바라보는 시선이다. 시인은 결코 중심부에 도달할 수도 없고 탈출할 수도 없다. 그는 그저 거미를 기다리고 있는 파리다.

미궁은 어떤 여행자도 다시 돌아오지 못하는 미지의 영역에 세워진 경계와도 같다.

베니스의 마르차나 국립도서관에는 11세기 연금술과 관련된 다양한 논문이 소장되어 있는데, 14세기 무렵 익명의 서기관이 그 논문의 빈 페이지를 미궁과 서로 가득 채웠다.

무덤

그는 독자들에게 자신의 미로 디자인을 '사악하게 꿈틀거리는 용'처럼 미끌거리고 위협하며 온갖 우여곡절로 가득한 길의 순환 경로'로 여기라고 권유했다. 우리는 날마다 이 끔찍한 감옥에서 벗어날 길을 찾다가 결국 시간이 다 되어 그 '어둠의 입꾼, 죽음'의 손아귀에 떨어진다.

산스크리트어로 쓰인 서사시 《마하바라타》에는 치명적인 미궁에 대한 이야기가 나온다. 쿠룩셰트라 전쟁이 13일째 되는 날, 열여섯 살인 어린 전사 아비만유가 전차를 타고 출전한다. 전차가 다가오자 카우라바의 군대는 차크라뷰를 이루기 시작했다. 차크라뷰(chakra-vyūha)는 인간 미궁의 고리 안으로 적을 가둬놓는 연꽃 형태의 포위 진형이다. 하지만 아비만유는 아랑곳하지 않고 전차를 계속 전진시키라고 명령했다.

아비만유의 어머니는 천상계 최고 신격인 크리슈나의 누이인 수바드라(Subhadra)로, 크리슈나는 수바드라가 회임했을 때 자주 그녀와 함께 산책하곤 했었다. 어느 날 산책 중에 크리슈나가 자신의 공적에 대해 이야기할 때였다. 그가 차크라뷰의 일곱 고리를 파훼하는 방법에 대해 설명하면서 세부적인 전술 하나하나까지 자세히 얘기하니 수바드라는 듣다가 그만 깜빡 졸게 되었다. 그러나 그녀의 뱃속에 있던 아비만유는 크리슈나의 말을 빠짐없이 경청하고 있었다.

아비만유는 카우라바 군의 방어선을 향해 진격했다. 뱃속에서 크리슈나의 설명을 기억에 새겼던 그는 차크라뷰의 모든 방향을 성공적으로 돌파하면서 진형의 중심부로 점점 다가갔다. 카우라바는 촘촘하게 세워놓은 진형을 뚫고 맹렬하게 돌격하는 전사의 모습을 보며 크게 당황했다.

하지만 불행히도 그때 크리슈나는 수바드라가 잠들었음을 알아차린 후 설명을 끊었기 때문에 차크라뷰에서 탈출하는 방법까지는 이야기하지 못했다. 아비만유는 미로 진형의 중심부에 도달했지만 출구를 찾아 빠져나갈 수가 없었다. 갇힌 상태에서 전차 바퀴를 들고 용맹하게 저항하던 그는 사방에서 쏟아지는 공격을 받고 결국 쓰러졌다!

전해지는 이야기에 따르면, 질투가 심한 아기텔의 열매
오늬는 왕비는 그 '심마리'를 찾아내 정자 중앙에서 포지민
드윗 대면했다. 왕비가 포지민드에게 단검과 독약 중 하나
를 선택하라고 하자 포지민드는 용서를 빌었다.

하지만 분노한 여왕을 그 무엇도
진정시킬 수 없었으니,

왕비의 무릎에는
쏘다쏜 독이 든 잔이 놓여 있었고

왕비는 아름다운 여인에게 그 잔을 들었다.

그녀는 왕비의 손에서 잔을 건네받은 다음
품고 있던 무표를 꺼고
독배를 들이켰다.

그녀는 눈물 들어 하늘을 바라보며
자비를 구했다.

그리고 쏘다쏜 독을 마시며
자신의 삶을 마감했다.

훈히

미로의 숭

섬 부에는 죽음이 숨어 있다고 한다. 우스페드서 주의 블렌넘 궁
전 부지에 있는 작은 연못은 '로자먼드의 우물'로 알려져 있
다. 헨리 2세의 정부인 아름다운 로자먼드 클리퍼드(Rosa-
mond Clifford)의 숨픈 이야기가 담긴 장소다.

> 무엇과도 비길 데 없는 아름다움,
> 그녀의 상냥함과 얼굴의 그의 눈길을 끌었으니,
> 왕은 그녀보다 더 향기로운 이름
> 인어본 적이 없었노라.

로자먼드의 비극은 튜더 시기 음유시인들이 가장 좋아하
는 이야기였다.

로자먼드와의 연애를 비밀에 부치고 싶었던 헨리 2세는
오늘날 블렌넘 궁 부지인 우드스톡에 있던 거기 궁전 부지
에 '정자'를 세웠다.

> 그곳은 매우 빽빽한 방식으로 지어졌으니,
> 단단한 돌과 나무로 쌓았고
> 백오십 개나 되는 문을
> 여기저기에 달았다.

> 매우 교묘하게 만들어져
> 이리저리 돌아가는 갈림길이 많아
> 십마리 없이는 그 누구도
> 들어오거나 나갈 수 없었다.

…건축물은 바로, 대 성당을 따르는 수수께끼를 푸는 데에야 수수께끼를 푼 뒤에야 들어간 비밀의 장부인 남쪽 탑의 맨 밑실로 들어간 뒤에야 수수께끼를 푸는 데 성당을 열고 미로의 심장부인 남쪽 탑의 맨 밑실로 들어간 뒤에야 수수께끼를 푸는 데 성공한다…

사제들이 점점 더 끔찍한 방식으로 살해당하기
시작하자 영국 프란체스코회 수사인 바스커빌의
윌리엄이 수수께끼를 풀기 위해 달려왔다. 그는

《장미의 이름》에서 사건이 벌어지는 무대는 피사 서쪽의 이름이 밝혀지지 않은 절벽 위에 위치한 수도원이다. 그곳에서 미로와 같은 도서관을 중심으로 미스터리한 살인 사건들이 전개된다.

수도원장은 이렇게 경고한다.

"도서관은 그 안에 담긴 진실만큼 가늠할 수 없고, 그것이 간직하고 있는 거짓만큼 의뭉스럽습니다. 영적인 미궁이자 지상의 미궁이기도 하지요. 들어갈 수는 있지만 나오지는 못할 수도 있습니다." 전직 사서인 부르고스의 호르헤가 눈이 멀었음에도 지키고 있는 도서관에는 침입자를 막기 위한 여러 장치들, 이를테면 사물을 왜곡시켜 비추는 거울을 비롯해 환각제, 독약 등이 즐비했다.

미로는 치명적인 위험을 담고 있을 뿐만 아니라 소설가 조반니 마리오티(Giovanni
Mariotti)의 표현대로 산 자의 세계와 죽은 자의 세계를 가르는 '격막' 역
할을 하기도 한다. 인류학자인 버나드 디컨(Bernard Deacon)은 호주에서
동쪽으로 1,600킬로미터 넘게 떨어진 태평양 국가 바누아투의 말레쿨라
(Malekula) 섬 모래밭에서 흥미로운 문양을 발견한 다음 현장 연구에 들어
갔다. 이후 그가 남긴 연구 기록은 1934년 발표되었다.

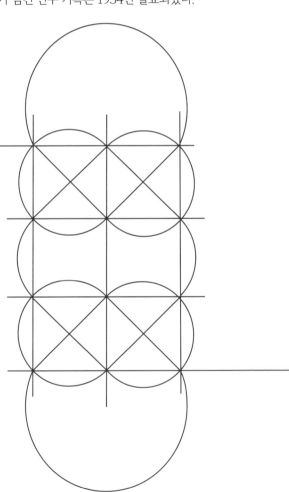

나할(nahal)이라는 패턴은 어떤 무시무시한 수호신이 그렸다고 전해지는 문양과 일치한다.

전설에 따르면 막 세상을 떠난 이의 혼은 낭사의 땅인 비스(Wıes)로 가는 길에서 한 수호신과 마주하게 된다. 그의 이름은 테메스 사브삽(Temes Savsap)으로, 바다 한가운데에 있는 큰 바위 옆에 앉아 저승의 입구를 지키면서 모래에 나할을 그리고 있다. 망자는 나할의 중심부를 통과해야 하지만, 망자가 다가오면 테메스가 나할의 절반을 문질러 지우기 때문에 망자는 멈춰 설 수밖에 없다. 여기서 망자가 비스로 건너갈 수 있는 유일한 방법은 지워진 절반을 그대로 다시 그리는 것뿐이다. 그렇게 하지 못하면 테메스 사브삽이 인내심을 잃고 망자의 혼을 잡아먹고 말 것이다.

노스웨일즈에도 이와 비슷한 미로가 있다. 노스웨일즈 앵글 시의 허니 섬은 켈트 족 드루이드가 로마 인들에 맞서 최후의 저항을 펼쳤던 곳이다. 이곳에는 '어두운 숲속의 둔덕'을 뜻하는 브린 첼리 두(Bryn Celli Ddu)라는 연도분(통로 모양의 신석기시대 무덤 양식)이 있다. 방문객들은 매장실의 좁은 입구로 기어들어가 돌로 만들어진 비좁은 통로를 따라 흙으로 된 내부로 들어갈 수 있다. 바깥에는 양쪽에 미로와 같은 선이 새겨진 '문양석'이 세워져 있는데, 이 돌을 손가락으로 더듬어보면 나선형 길과 막다른 지점들로 이뤄진 구불구불한 홈이 패어 있다.

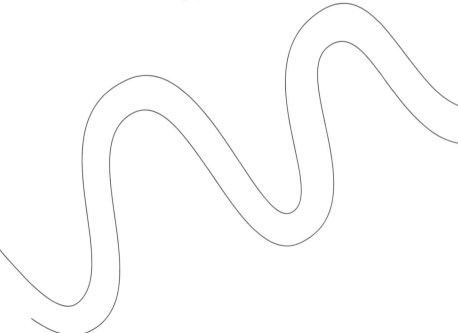

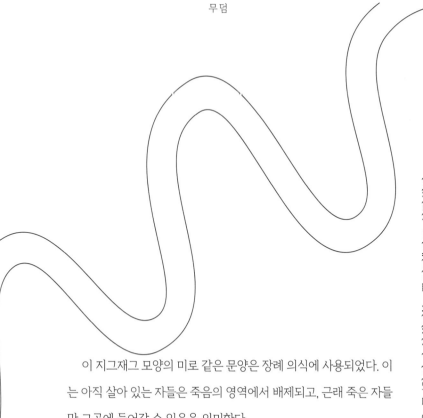

이 지그재그 모양의 미로 같은 문양은 장례 의식에 사용되었다. 이는 아직 살아 있는 자들은 죽음의 영역에서 배제되고, 근래 죽은 자들만 그곳에 들어갈 수 있음을 의미한다.

웨일스 전설에서는 망자들의 거처를 가리켜 '나선형 성'을 뜻하는 카에르 시디(Caer Sidi)라고 불렀다. 로버트 그레이브스(Robert Graves)는 《하얀 여신(The White Goddess)》에서 매장실과 장형분(긴 모양의 신석기 시대 무덤 양식)도 '나선형 성'으로 불렸다고 말한다.

드루이드교의 사제는 "집게손가락을 빙빙 돌리면서 '우리 왕이 나선형 성으로 가셨다'는 말은 '왕이 승하했다'는 뜻이다"라고 설명했다.

죽음을 미로에 비유하는 것은 고인을 기리는 데 미로가 사용된 이유를 설명해준다. 헤로도토스는 기원전 5세기에 '미궁'으로 알려진 거대한 이집트 고분을 방문했다. 그곳은 악어의 도시인 크로코딜로폴리스(Crocodilopolis) 근처에 있는 모에리스 호수 북쪽 기슭에 세워져 있었다.

헤로도토스는 미궁에 대해 "피라미드를 능가한다. 이곳에는 열두 곳의 뜰이 있고 북쪽에 있는 문 여섯 개와 남쪽에 있는 문 여섯 개가 서로 마주보면서 연결되어 있으며, 하나의 벽이 그것들을 모두 둘러싸고 있다"고 기록했다.

헤로도토스는 미궁 상부의 방들까지 둘러볼 수 있는 허가를 받았는데, "멋지게 꾸며놓은 안뜰을 통해 이리저리 돌아다니다 보면 경이로운 광경이 끝없이 나타났다"고 회고했다. 그러나 지하에는 신성한 악어들의 무덤이 있기 때문에 출입이 금지되어 있었다.

1888년 영국의 이집트학자 플린더스 페트리(Flinders Petrie)가 그곳을 찾아냈다. 그는 잔해 속에서 미궁을 자신의 장제전으로 정한 12왕조 파라오 아메넴헤트 3세(Amenemhat III)의 화강암 조상(彫像)을 발굴했다.

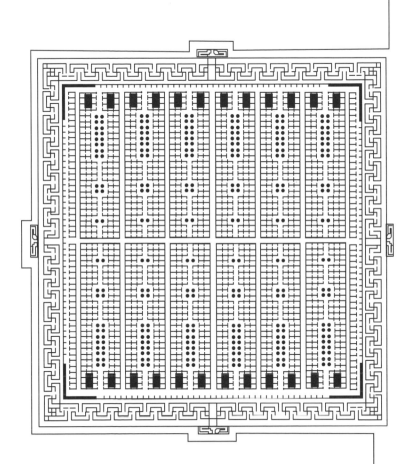

아르헨티나 서부의 로스엔러모스 부지에는 호르헤 루이스 보르헤스의 이름 첫자를 본떠 만든 기념 미로가 있다. 바로 작가의 친구인 랜들 코트가 설계해 안데스 산맥을 차지한 포플러 나무들 사이에 1만 2,000그루의 영국 회양목 관목을 심어 만든 보르헤스 미궁(El Laberinto de Borges)이다. 책을 펼친 형태와 비슷한 모습을 가진 이 미로에는 지팡이, 모래시계, 물음표, 호랑이 얼룩 등 보르헤스의 삶과 작품을 연상시키는 이미지가 곳곳에 숨겨져 있다.

보르헤스 미궁은 최근 베니스의 산 조르지오 마조레 수도원 부지에 재현되었다. 베니스 미로에는 진짜 시각 장애인과 저자의 시각 장애인을 위한 난간이 설치되어 있으며, 보르헤스의 단편소설 〈두 갈래로 갈라지는 오솔길들의 정원(El jardin de senderos que se bifurcan)〉이 고스란히 점자로 옮겨져 있다.

그 이야기에서 거대한 책은 '펼쳐지거나 모이고 혹은 평행하면서 어지럽게 팽창하는 시간의 그물 속에서 미래에 펼쳐질 수 있는 모든 가능성을 담고 있는 미로로 밝혀진다.

어떤 미래에서는 이야기의 주인공이 산 조르지오

들려오리라는 그윽한 독서의 영감.

그렉 브라이트는 《켄터키 데일리 뉴스(Kentucky Daily News)》와의 인터뷰에서 궁극적인 미로에 대한 자신의 꿈을 다음과 같이 이야기했다.

"벽의 높이가 4미터 가까이 되니까 미로 안에 있는 사람은 밖을 볼 수 없습니다. 그가 미로에 들어가면 뒤에서 문이 잠기고 직원들은 떠납니다. … 미로 안에는 음식을 먹을 곳도 없고 물을 마실 곳도 없죠. 미로에서 탈출하지 못하면 그 안에서 죽을 수도 있는 겁니다."

"미로에 대해 설명하는 동안 그의 눈이 반짝거렸다." 훗날 인터뷰 진행자는 당시를 돌아보며 이렇게 적었다. "그는 생사를 건 도전에 직접 나서는 기회도 반길 것 같았다."

1979년 브라이트가 사라졌다.

그는 더 이상 미로에 관한 책을 출간하지 않았고 새로운 미로를 만들지도 않았다.

"한때는 미로에 모든 것을 쏟아부었을지도 모르겠지만 지금은 그렇지 않다." 1973년 그렉 브라이트는 이렇게 말했다. "심지어 이제는 미로를 좋아하지도 않게 되었다. 난 미로가 싫다."

1975년, 그는 "애정을 쏟던 시절은 지났다"고 거듭 말했다. "나는 미로의 비밀을 열었다. 이제는 그걸 멋지게 꾸밀 뿐이다."

마침내 1979년에 그는 이렇게 시인했다. "1971년에 필턴 미로를 판 이후 나는 미로를 버리려고 노력해왔다. … 나는 '길을 잃었을 때의 스릴'과 '길 찾기의 기이함', 그리고 그 '신비로움' 때문에 다시 미로에 끌리기 시작했다. 하지만 지금은 특히 그런 점들이 역겹게 느껴진다."

중심부

테세우스는 몸을 씻고 기름을 바른 다음 경기를 준비했다.

미노스의 죽은 아들을 기리기 위한 공물을 바칠 때마다 묘전 경기가 열렸지만, 일반적으로 아테네 인은 시합에 참가하지 않았다. 올해 테세우스는 자원한 것이다.

선수들이 경기장에 들어서자 관중들이 환호한다. 사내들은 고함을 치면서 내기를 걸고, 여성들은 비명을 지르듯 웃음을 터뜨리면서 눈을 가린다.

당시 행해졌던 종목으로는 단거리 달리기인 스타디온과 장거리 달리기인 돌리코스, 레슬링 경기인 팔레와 격투 경기인 판크라티온 등이 있었다. 대부분의 종목이 익숙한 것들이었기에 테세우스는 모든 경기에서 뛰어난 실력을 발휘했다. 그러나 크레타 섬에서 가장 유명한 경기인 타우로카타프시아, 즉 황소 뛰어넘기만큼은 테세우스에게도 낯설었다.

타우로카타프시아는 예술적인 경연이면서도 두둑한 배짱과 완벽한 타이밍이 필요한 종목으로, 선수들은 경기장에 풀어놓은 거대한 황소에게 달려가 뿔을 잡고 머리를 풀쩍 뛰어넘은 다음 우아하게 공중제비를 돌아 가볍게 뒤로 착지할 수 있어야 한다.

미노스와 파시파에는 금박을 입힌 왕좌에 앉아 경기를 지켜보고 있었다. 이들 두 사람의 딸인 사제 아리아드네는 왕좌 아래에서 테세우스가 멋지게 몸을 날리는 모습을 지켜봤다. 관숭석에 있넌 다이달로스도 농포의 모습에 깊은 감명을 받았다.

경기가 끝나고 땀방울로 반짝이는 머리에 월계관을 쓴 테세우스가 미노스 왕에게 인사를 하러 왕좌로 다가오다가 아리아드네와 눈이 마주쳤다.

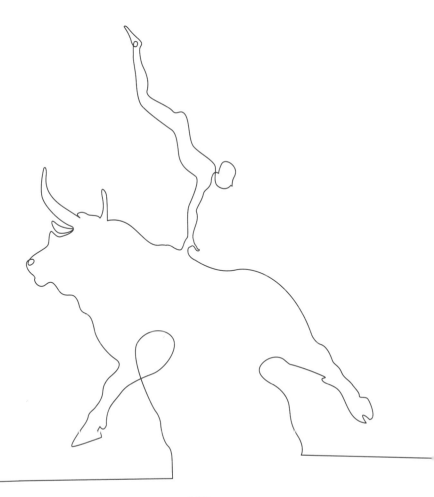

이제 여성들이 경기장에 들어설 차례다. 그들이 걸음을 뗄 때마다 고운 아마포로 지은 옷이 살포시 부풀어 오르고 등 뒤로 길게 늘어뜨린 곱슬머리가 햇살을 받아 반짝인다. 테세우스는 동료들과 함께 관중석에서 그 모습을 지켜봤다.

춤 공연을 앞두고 경기장에 대리석 바닥이 깔린다. 매끄러운 흑백 바닥에는 평면 문양이 새겨져 있다. 여사제들이 미노스와 파시파에에게 인사를 한 뒤 서로의 손목을 살짝 맞잡고서 춤을 추기 시작했다. 그렇게 아리아드네가 이끄는 무희들은 열을 지어 바닥에 새겨진 고리 문양을 따라 곡선을 그리며 돌다가 다시 원래 위치로 돌아가면서 몸을 굽히거나 흔들거나 빙글빙글 돌았다.

관중들은 홀린 듯 넋을 잃고 그들의 몸짓을 바라봤다. 테세우스는 아리아드네에게서 눈을 떼지 못했다. 여사제들은 춤으로 미궁의 고리를 묘사했다. 그들의 발이 그리는 섬세한 고리들은 테세우스가 곧 마주하게 될 구불구불하게 엉킨 미궁 속 길을 나타냈다. 그러나 이 순간 테세우스는 아리아드네가 춤추는 모습, 그녀의 얼굴, 그녀가 자신이 있는 쪽을 바라볼 때마다 반짝거리는 눈빛에 사로잡혀 있었다.

그날 밤, 아리아드네가 테세우스의 침실을 찾아갔다. 아리아드네는 잠에서 깬 그의 입술에 손가락을 댔다.

"아네네에서 오신 분, 이름이 뭔가요?" 아리아드네가 속삭였다.

"테세우스입니다."

"내일 밤 당신은 미궁에 들어가게 될 거예요."

테세우스는 어리둥절한 표정으로 아리아드네를 쳐다봤다.

"다이달로스와 얘기를 나눴는데 그가 미궁의 비밀을 알려줬어요. 시간이 없으니 빨리 말할게요."

테세우스가 아리아드네의 팔에 손을 댔다.

"어떻게 감사를 표하면 좋을까요?"

"당신과 동료들이 탈출할 때 나도 데리고 가주세요."

그녀는 여사제다운 오만한 표정을 유지한 채 그에게 말했다. 테세우스가 고개를 끄덕이자 아리아드네는 몸을 구부려 그의 귀에 대고 자신의 이복형제인 미노타우로스에 대해 속삭였다.

걸가메시는 키가 우뚝하고 공지도 놓았다. 그와 그의 동료 엔키두는 우루크 성벽 앞에서 천상의 황소와 맞섰다. 엔키두는 꼬리를 잡고 걸가메시는 뿔을 잡은 뒤 단숨에 도축하듯 칼을 소에 깊숙이 넣어 천상의 짐승을 죽였다.

보르헤스는 일종의 박물지인 《보르헤스의 상상 동물 이야기(Manual de zoología fantástica)》에서 "그리스의 미노타우로스 전설은 훨씬 더 오래된 신화를 훗날 어설프게 옮겨놓은 버전일 가능성이 크다"고 하면서 이렇게 말했다. "오래된 다른 꿈의 그림자는 훨씬 더 끔찍한 공포로 가득 차 있다."

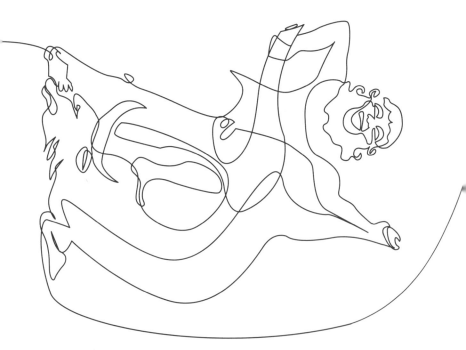

기원전 27세기 우루크 땅에 괴물 같은 황소가 나타났다. 황소가 지나간 숲은 말라붙고 국가들 심어놓은 받은 쟁이마가 되었다. 소가 우는 소리를 듣고 육식을 삼아놓은 받은 쟁이마가 되었다. 소가 우는 소리를 듣고 국가들 심어놓은 받은 쟁이마가 되었다. 소가 우는 소리를 듣고 국가들 심어놓은 받은 쟁이마가 되었다.

프로메테스 강물을 마셨더니 수위가 7규빗(약 3.5미터)이나 줄었다. 소가 코를 응응거리자 거센 곳바람 때문에 땅이 갈라졌고, 그 밑게 생긴 균열이 수백 명의 사람들을 집어삼켰다. 이 무시무시한 황소는 메소포타미아의 셈소와 풍요의 여신인 이슈타르(ishtar)인 이드를 받아 자신의 별자리에서 내려온 천상의 황소 구갈란나(Gugalanna)였다.

《길가메시 서사시(Epic of Gilgamesh)》를 보면 '우루크 백성들의 목자' 길가메시 왕이 이슈타르의 구애에 퇴짜를 놓는다. 이에 분노한 이슈타르는 아버지인 이누에게 구갈란나를 풀어 우루크의 왕을 죽여달라고 간청한다. 서사시에 따르면 이슈타르는 자기 청을 들어주지 않으면 명부의 문을 부수고 망자를 소생시켜 산 자들을 집어삼키겠다고 아버지를 협박했다.

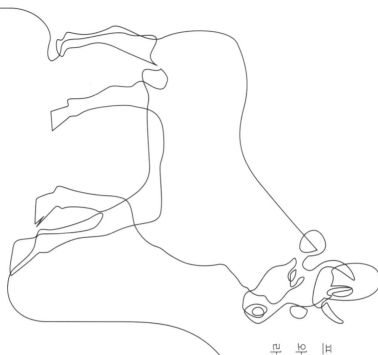

아테네가 금환을 바친 주기 또한 이 8년 주기와 일치했다.

프레이저는 이 시기에 외국의 젊은이들을 크레타 섬으로 끌고
와 미라가 황소 대가리를 닮은 태양신의 청동상에 바쳤을 것이
라고 추정했다.

"태양의 불을 다시 일으키기 위해 우상에게 인신공양한 뒤
제물이 된 사람들은 속이 빈 우상의 몸체 안에서 태웠을 수
도 있고, 우상의 기울어진 손 위에 올려놓은 다음 불구덩이
속으로 굴려 떨어뜨렸을 수도 있다."

…

"무희들이 금을 돌리면서 따라간 미궁의 구불구불한 선은
황도, 즉 하늘에서 태양이 매년 지나가는 경로를 표현했을
수도 있다."

메소포타미아 인들에게 구경판나(황소자리)는 황도 십이궁
에서 첫 번째를 차지하는 별자리였다. 그들은 시해되는
춘분점을 기준으로 황도에서 태양이 위치하는 지점을 별자리
들로 구분했다.《길가메시 서사시》에서 천상의 황소를 잡는 이
야기는 희생의례를 상징하는데, 그 제례의 의미는 태양신 길가
메시가 묵은 계절을 물리치고 새로운 봄을 맞이하는 우주적 사
건을 기리는 것이었다.

제임스 프레이저(James Frazer)는《황금 가지(The Golden Bough)》에서 미노타우로스를 가리켜 "신화적인 특징을 걷어내면
태양을 향소 대가리를 가진 사람으로 묘사한 청동 우상에 불과
하다"고 했다.

프레이저는 테세우스와 미노타우로스의 이야기가 미노스
의 권력이 주기적으로 갱신되는 상황을 의미한다고 말한다. 전
설에 따르면 미노스는 8년마다 신성한 왕권을 갱신했다고 한
다. 그는 크레테에서 가장 높은 산인 이다 산에 올라가 신이 태
어난 신성한 동굴에서 제우스와 교감했다.

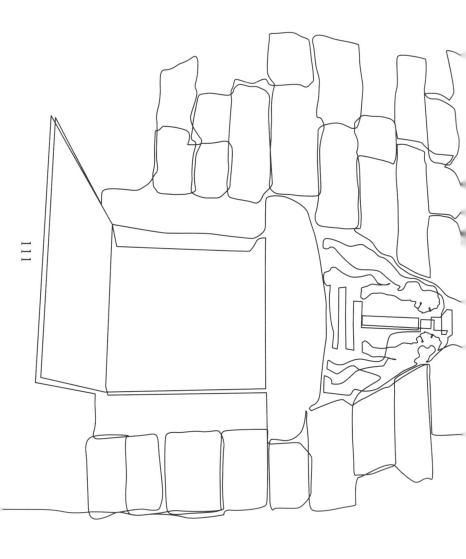

넓게 앞에서 몸으로 앉을 곳이다.

111

이번에는 사람들 사이에서 적막이 흘렀다.

미궁으로 들어가는 입구 앞의 공터에는 아테네 인 무리가 옹기종기 모여 서로 손을 잡고서 기쁜 목소리로 합성소설 기도를 드리고 있었다. 햇볕이 비치는 곳에는 사계절을 읽는 미노스가 체묘를 옮조리면서 뿔이 두 개 달린 제단의 뿔 위에 빛 포도주를 뿌리고 인간 제물을 축복하고 있었다. 그의 뒤에는 미궁으로 통하는 문이 열려 있다. 입구에 꽂혀 있는 양초의 불빛이 일렁인다.

미노스가 물러나자 군인들이 청을 들어 아테네 인들을 앞으로 밀었다. 모여 있던 사람들이 다함께 숨을 들이쉬었다. 테세우스가 앞장서서 걸을 인도하는데, 그의 용기가 다른 이들에게는 생경과도 같았다. 그들은 테세우스를 따라 당당한 제 입구를 향해 걸어갔다. 고개를 살짝 돌린 테세우스와 아리

아드네의 눈이 마주쳤다. 그녀는 숨도 쉬지 못한 채 눈만 반짝이고 있다.

테세우스가 미궁으로 들어서자 그의 동료들 또한 그를 따라 총지어 들어섰다. 그들 뒤에서 문이 닫히고 두툼한 빗장이 걸리는 소리가 들렸다. 이제 돌아갈 길은 없다.

그늘진 벽 때문에 갑작스럽게 폐소공포증이 물려온다. 불빛이

밝은 샛길

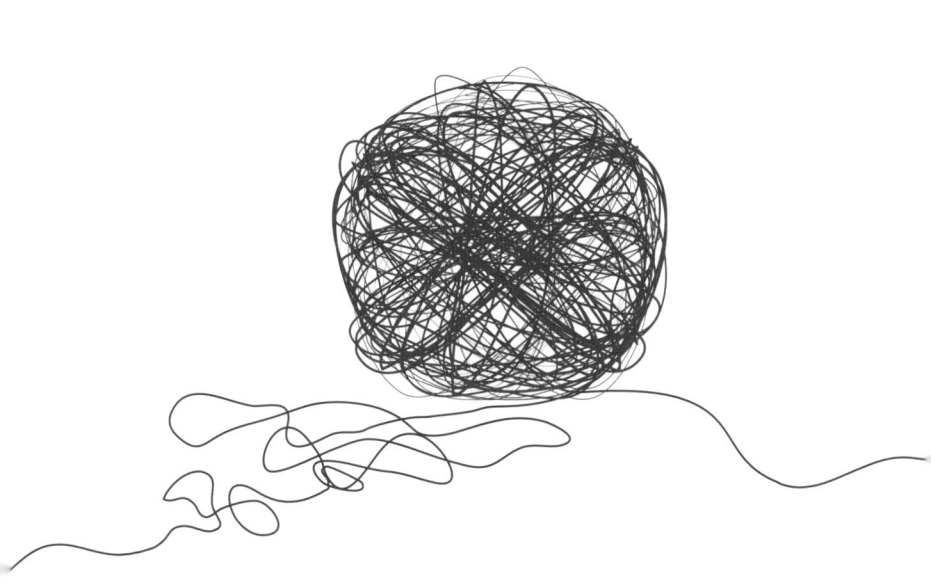

테세우스가 승리의 함성을 지르자 무수히 많은 통로들을 거치면서 뭉개진 울음소리가 아득한 곳으로부터 울려 퍼진다. 거대한 황소가 내지르는 포효가 틀림없다.

테세우스는 동료들의 얼굴을 찬찬히 바라봤다. 그러고는 타오르는 횃불을 들고 미궁으로 나섰다.

테세우스는 양초를 꺼내 든 다음 벽을 따라 무리를 이끌었다. 길이 구부러지면서 아래쪽으로 기울어진다. 그들은 둥근 돔 형태의 동굴에 들어섰는데 거기서부터 일곱 개의 출입구가 어둠으로 이어져 있다. 불빛이 만들어낸 괴물 같은 그림자가 벽 위에서 서로 쫓고 쫓긴다.

테세우스는 무리에게 아리아드네가 자신에게 말해줬던 내용을 전했다. 그는 혼자 미궁의 깊은 곳으로 들어가서 미노타우로스를 죽이고 돌아올 생각이다. 그는 사람들에게 아리아드네가 준 선물, 즉 가는 진홍색 실을 뭉쳐놓은 거대한 실꾸리를 보여줬다.

테세우스는 실꾸리의 한쪽 끝을 벽의 고리에 묶었다. 아테네 인들은 그가 실뭉치를 동굴 중앙에 놓고 팽이처럼 돌리는 모습을 멍하니 지켜봤다. 실뭉치는 회전하는 속도가 느려지면서 점점 괴상한 모양이 되어가더니 알아채기 힘들 정도로 완만한 동굴 바닥의 경사면을 따라 일곱 개의 출입구 중 하나로 풀려나갔다. 실뭉치가 소리 없이 굴러가자 이제 테세우스가 따라가야 할 선명한 진홍색 길이 생겼다.

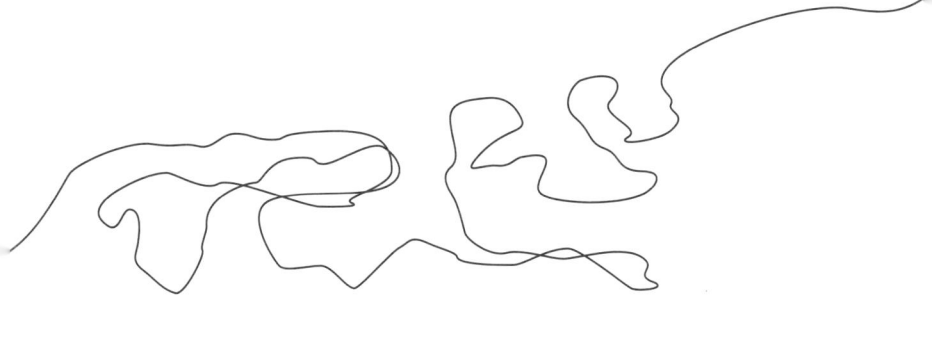

1931년 피카소는 오비디우스의 《변신(Metamorphoses)》 삽화와 잡지 《미노타우레(Minotaure)》의 표지 그림을 그렸다. 미노타우로스는 피카소가 그 시기에 그린 작품 전반에 반복해서 나타난다. 그가 만든 괴물은 사회적으로 용납되지 않는 예술가들과 함께 술을 마시고, 꽃무늬 커튼 뒤에서 코를 골고, 아름다운 여성들과 격렬한 사랑을 나누고, 무표정한 얼굴들에 둘러싸인 채 경기장에서 죽는다. 피카소에게 미노타우로스는 인간 본성에 내재된 미쳐 날뛰는 야수였으며, 또한 비루한 육체 안에 갇힌 야심만만한 탐미주의자였다.

만 레이(Man Ray)는 피카소를 사진에 담았던 1934년에 벌거벗은 여성의 상체를 찍은 '미노타우로스(Minotaur)'라는 사진 작품도 제작했다. 황소 귀신의 두개골을 연상케 하는 이 사진의 피사체는 팔을 높이 들고 있고 머리와 손, 배는 그림자에 가려져 보이지 않는다.

15년 후 《라이프(Life)》 잡지에 피카소의 사진이 실렸다. 그 사진에는 상의를 벗은 채 흰 반바지만 입은 통통한 체격의 남성이 해변에 서 있는데, 황소 대가리 모양의 종이탈을 쓰고 있어 얼굴이 보이지 않는다.

피카소는 친구인 고고학자 로무알드 도르 드 라 수셰트레(Romuald Dor de la Souchère)에게 보낸 편지에서 이렇게 말했다. "내가 걸어온 길을 모두 지도에 표시한 다음 쭉 이어보면 미노타우로스의 모습을 하고 있을지도 몰라."

오비디우스는 미노타우로스를 가리켜 '인간이자 반은 황소, 황소이자 반은 인간(Semibovemque virum, semivirumque bovem)'이라고 썼다

미노타우로스는 손과 팔이 달린 인간의 몸을 갖고 있지만 근육덩어리인 어깨 위에는 사람의 얼굴 대신 황소 대가리가 달려 있다. 머리를 보면 두 눈 사이가 멀고 사악한 뿔도 나 있으며, 코에서는 거센 콧김이 뿜어져 나오고 있고 주둥이에서는 침이 흘러내리고 있다. 그가 쐐기꼴의 뿔 달린 대가리를 비스듬하게 들어 앞을 바라본다. 이어서 고개를 좌우로 움직이면서 자기 앞에 있는 것을 흘겨본다.

그는 육체적으로나 정신적으로나 혼종이었다. 그에게는 황소의 본능과 인간의 지성 모두가 남아 있었는데, 그 둘을 다 가지고 있다는 것이 바로 그의 유일한 약점이었다. 그의 야수성이 이성을 가렸고, 그의 지성이 동물적인 감각을 무뎌지게 만들었기 때문이다.

테세우스는 실을 따라 걷고 깊고 더 깊은 곳으로 내려갔다. 계단을 내려가고 회랑을 따라가다가 문간을 여러 곳 지났다. 횃불이 주위에 그림자를 드리우면서 그의 눈을 희롱했다.

이제 미노타우로스가 가까이 있는 것이 틀림없다. 벽이 피로 검게 얼룩져 있다. 근처 어딘가에서 소가 내는 소리, 뿔이 돌에 부딪치는 소리가 들린다. 테세우스는 목덜미에 누군가의 숨결이 닿는 느낌이 들어 뒤를 힐끗 돌아봤다. 피부가 따끔거린다. 공기에 진하게 배어 있는 짐승의 악취가 그의 코와 입에 끈적이게 달라붙는다. 테세우스는 땀이 흥건한 이마를 닦았다.

지금쯤이면 괴물도 테세우스의 냄새를 맡았을 것이다. 테세우스는 스스로를 미노타우로스라고 상상하며 다가오는 미노타우로스 자신의 발소리, 침입자인 테세우스가 신은 가죽 샌들의 부드러운 바닥이 익숙한 돌에 닿는 소리를 들었다. 가슴 한편에 자신감이 맹렬하게 피어올랐다.

싫이 다 떨어져간다.

미노타우로스는 고함을 지르면서 자신의 미궁에 들어온 침입자를 향해 돌진했다.

117

보르헤스는 미노타우로스의 관점을 상상했다.

그는 돌로 된 복도를 돌아다니면서 혼자 숨바꼭질 놀이를 하고, 머리가 어질어질해질 때까지 질주한다. 그는 자기가 '또 하나의 아스테리온'이라고 부르는 상상의 친구와 함께 가장 좋아하는 게임을 한다. 둘은 함께 웃으면서 미궁을 배회한다.

몇 년에 한 번씩 한 무리의 젊은이들이 그의 집에 들어오면, 그는 기쁜 마음으로 그들에게 달려가 몇 분 안에 해치웠다. 미노타우로스는 그들의 생명이 꺼진 몸을 잘만 이용하면 미궁 속 방들을 더 쉽게 분간할 수 있다는 것을 깨달았다.

보르헤스는 자신이 집필한 〈아스테리온의 집(La casa de Asterión)〉이 현재 런던의 테이트 미술관에 소장되어 있는 G. F. 와츠(G. F. Watts)의 그림에서 영감을 받은 것이라고 밝혔다. 와츠의 의도는 '야만적이고 잔인한 자들을 혐오하도록' 하려는 것이었지만 그가 그린 미노타우로스는 바다를 바라보며 손에 쥔 새를 시름없이 으스러뜨리는 가엾고 안쓰러운 생물을 보여준다.

아스테리온은 자신을 방과 문이 더 적은 곳으로 인도해줄 '구원자'가 도착하기를 갈망했다. 그는 이 구원자가 황소일지 사람일지, 아니면 사람의 얼굴을 한 황소일지 궁금했다.

마침내 테세우스를 만난 미노타우로스는 자신을 거의 방어하려 하지 않았다. 그는 아마 '또 하나의 아스테리온'이 자기와 얼마나 닮았는지 깨닫고 놀랐을 것이다.

궁둥이와 허벅다리가
맞물리는 지점에 이르자
길잡이는 지쳐 거친 숨을 몰아쉬며

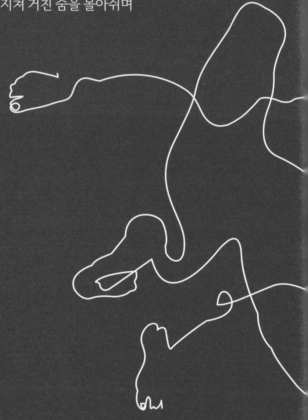

다리가 있던 곳으로 머리를 돌려,
위쪽으로 올라타려는 듯 털을 움켜쥐었다,
그래서 나는 우리가 지옥으로 돌아가는 줄 알았다.
— 단테

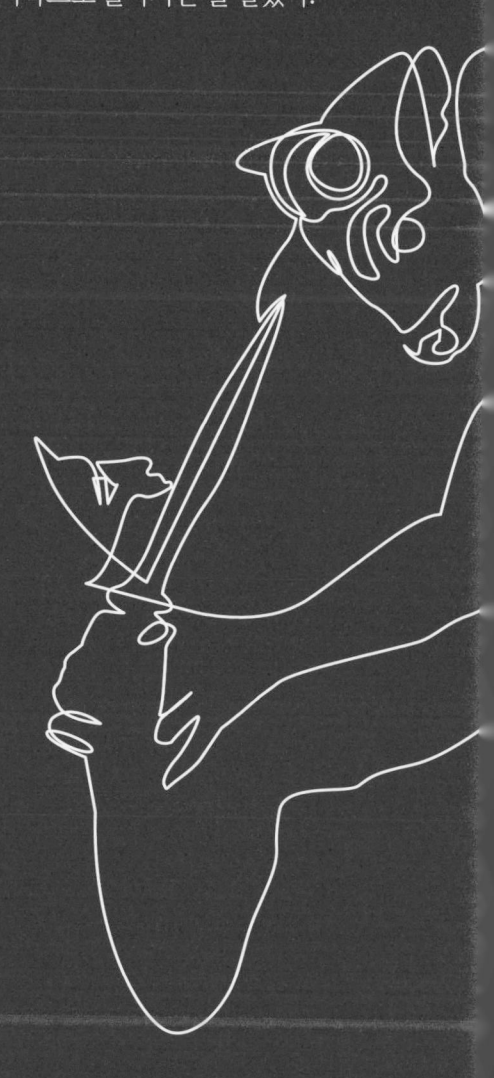

"그는 뒤로 물러섰다. 그러자 그의 상도 똑같이 따라했다. 그는 점차 자기가 마주하고 있는 것이 자기 자신이라는 사실을 깨닫게 되었다. 도망치려고 했지만 어디를 가든 항상 자신과 마주하게 되었다. 그는 혼자 유리벽 안에 갇혀 있었고 미궁의 모든 장소가 그의 모습을 끝없이 비췄다."

결국 또 다른 미노타우로스가 나타나자 미노타우로스는 더 이상 혼자가 아니라는 사실에 기뻐서 울부짖었다. 하지만 둘이 춤을 추다가 새로운 미노타우로스가 그의 목덜미에 단검을 꽂았고, 짐승은 바닥에 쓰러졌다.

황소 탈을 벗은 테세우스는 아무것도 비치지 않는 거울로 가득한 컴컴한 복도에서 조용히 사라졌다.

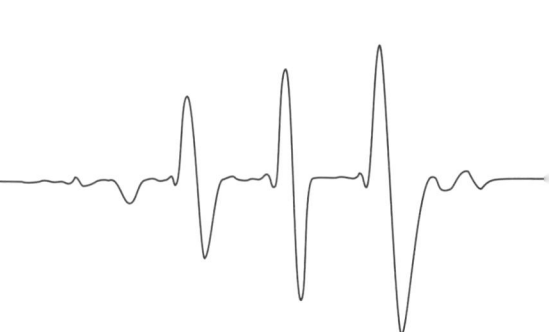

미노타우로스는 유리의 미궁, 거울의 미로에서 깨어나 "몸을 웅크린 채 거울에 비친 자기 얼굴, 그리고 거울 속의 상(像)이 끝없이 반사되는 모습과 마주한다".

프리드리히 뒤렌마트(Friedrich Dürrenmatt)의 작품《미노타우로스(Minotaurus: Eine Ballade)》에 나오는 미노타우로스는 자신의 새로운 미궁을 좋아한다. 고함을 지르며 미로 속을 신나게 돌아다니면서 "괴물 같은 아이처럼", "자신의 괴물 같은 아버지처럼", "사방에 자기 모습이 퍼져 있는 우주를 지배하는 괴물 같은 신처럼" 춤을 춘다. 인간들이 미궁 속으로 들어오자 그는 그들이 움직임을 멈출 때까지 함께 춤을 췄다.

하지만 어느 날 문득 의구심이 들기 시작했다.

그러나 성인이 되어 도플갱어를 만나면 이러한 확신이 흔들린다. 그 경험은 자신의 삶을 표면화하면서 해묵은 갈등을 되살린다. 그것은 평행세계, 우리가 가보지 않은 길을 암시한다. 프로이트의 말처럼 "자유 의지에 대한 환상을 조장하는 모든 억압된 의지 행위"에 의문을 제기하는 것이다. 그제야 우리는 스스로 내린 선택들에 의해 형성된 정체성에 얽매인 자기 자신을 객관적으로 바라보기 시작한다.

정신분석학자 자크 라캉(Jacques Lacan)의 말에 따르면 유아는 생후 6개월 즈음이 되면 거울에 비친 스스로를 인식할 수 있다고 한다. 그 나이대의 아이는 자기 몸을 제대로 가누지 못한다. 따라서 몸 전체가 거울에 반응하는 거울 속 이미지와 미숙한 실제 자신을 비교하면서 그 괴리감에 혼란스러움을 느낀다. 이러한 차이에서 비롯된 내적 갈등은 이상적인 거울 속 자신에 대한 적대감으로 이어진다.

유아기에는 인지적 도약을 통해 이런 정신적 갈등을 해소한다. 우리는 거울 속 이미지와 자신을 동일시하면서 그 거울 경쟁자가 아닌 자기 자신으로 받아들이는 법을 배운다. 그리고 이러한 깨달음은 커다란 환희를 안겨준다. 거울에 비친 자신이 실제 자신과 다르지 않다는 통달은 해 상상 속의 거울 놀이 친구로서 자신이 하나의 통합된 유기체라는 새로운 감각을 얻게 되기 때문이다.

서커스 단원에서 국제적인 살인청부업자로 변신한 프란시스코 스카라망가(Francisco Scaramanga)가 태국의 어느 해변에서 제임스 본드(James Bond)와 등을 맞대고 서 있다. 그들은 영화 〈007 황금총을 가진 사나이(The Man with the Golden Gun)〉 속에서 내내 서로의 주위를 맴돌기만 하다가 마침내 맞닥뜨려 결투를 하게 되었다. 본드는 스무 걸음을 걸어간 뒤 돌아서서 총을 쏘지만 스카라망가는 그 사이 지하 동굴로 사라졌는데, 그곳은 바로 그가

만든 '유령의 집'이었다.

본드는 기계로 작동되는 거울 복도를 조심스럽게 걸어가면서 끊임없이 바뀌는 자신의 모습에 둘러싸이기도 하고, 눈에 보이지 않는 유리벽이나 조금만 삐끗해도 떨어질 것 같은 가파른 무대를 통과하기도 한다. 스카라망가의 공범인 닉 낵(Nick Nack)은 '유령의 집'의 모든 장소를 볼 수 있는 제어실에 앉아 진행 상황을 모니터링하면서 조명과 음향 효과를 조정하는데, 그의 낄낄거리는 목소리가 미로 전체에 울려 퍼진다.

적을 물리치려면 본드는 자기 자신의 도플갱어가 되어야 한다. 그는 닉 낵의 감시카메라로부터 모습을 숨기고 스카라망가를 열린 공간으로 유인했다. 본드의 모습을 본떠서 만든 밀랍인형 주변으로 스카라망가가 다가가자 인형이 빙글 돌더니 스카라망가에게 총을 쏘았다. 본드가 자신을 본뜬 마네킹과 위치를 바꾼 것이다.

"그는 어디 있어요?" 브릿 에클랜드(Britt Ekland)가 숨을 헐떡이며 로저 무어(Roger Moore)에게 달려간다.

"최후의 일격을 맞고 쓰러졌어요."

거울 미로는 19세기 후반에 발명되었다. 이 미로는 반사면에 비치는 사물의 크기와 거리를 착각하도록 교묘하게 각도를 맞춘 여러 개의 거울로 이뤄져 있다. 스위스 루체른의 빙하 공원에는 1896년에 제작된 작은 거울 미로가 있는데, 분수와 일렬로 늘어선 것처럼 왜곡되어 보이는 무어식 돌기둥, 꽃밭, 가짜 풍경, 무리를 지은 것처럼 보이는 공작새가 인상적이다. 장벽으로 이곳저곳을 가로막아 길을 헤매게 만드는 산울타리 미로와 다르게 거울 미로는 사방이 뚫린 것처럼 보이는 데에서 오는 무한한 자유가 오히려 방향 감각을 잃게 만드는 짜릿한 환상을 선사한다.

15세기에 레오나르도 다 빈치는 초소형 거울 미로를 상상했다. 그는 여덟 개의 반사면에 둘러싸인 남성의 스케치를 그렸다. 그리고 스케치 아래에 거울 문자(거울에 비추면 똑바로 보이도록 글자를 거꾸로 쓴 것)로 다음과 같이 썼다. "각각 너비가 2엘(ell. 과거에 사용하던 길이 단위로 약 115센티미터-옮긴이)이고 높이가 3엘인 여덟 개의 평평한 거울을 만들고 이것이 팔각형을 이루도록 원형으로 배열한다. … 그 안에 선 사람은 자신이 사방으로 무한히 뻗어 나가는 모습을 볼 수 있다."

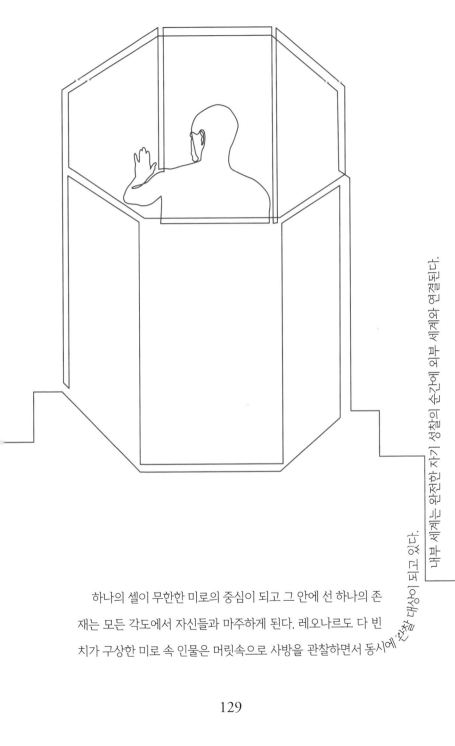

내부 세계는 완전한 자기 성찰의 순간에 외부 세계와 연결된다.

관찰 대상이 되고 있다.

하나의 셀이 무한한 미로의 중심이 되고 그 안에 선 하나의 존
재는 모든 각도에서 자신들과 마주하게 된다. 레오나르도 다 빈
치가 구상한 미로 속 인물은 머릿속으로 사방을 관찰하면서 동시에

테세우스와 미노타우로스의 만남을 가리켜 '미노타우로마키(Minotauroma-chy)'라고 일컫는다. 그것은 서로를 맞대는 격한 충돌이자 모든 것이 밝혀지는 순간이었지만 세부적인 부분은 수수께끼로 남아 있다.

피카소가 제작한 동명의 동판화에서 거인 미노타우로스는 촛불을 든 채 조금도 움츠러들지 않고서 소녀와 마주하고 있다. 수염이 무성한 사내가 사다리 위로 탈출을 시도하고 있으며, 부상당한 여성 투우사가 격렬하게 투쟁하는 말 위

에 쓰러져 있다.

해리슨 버트위슬(Harrison Birtwhistle)이 작곡한 오페라 〈미노타우로스〉에는 미노타우로스가 지금까지 꿈에서만 경험했던 늪멱인 인간의 말을 마침내 습득하는 순간이 나온다.

《미노타우로스, 담배를 피우며 쉬다(The Minotaur Takes a Cigarette Break)》라는 책에서 테세우스는 "자기 목숨을 걸고 물물교환"을 한다.

"미궁에서는 모든 거래가 수상하다. 숨임수가 횡행한다. 앞문에서 안색이 창백한 테세우스가 선한 얼굴로 자신의 승리를 선전하는 동안 … 뒤에서는 미노타우로스가 희미한 영원 속으로 숨어든다." 스티븐 셰릴(Steven Sherrill)의 소설에서는 빈 피클 통 위에 앉아 있는 2000년의 미노타우로스가 소개된다. 'M'은 노스캐롤라이나에 살면서 그럽스 립(Grub's Rib)이 라는 도로변의 작은 식당에서 햄버거 패티를 뒤집고 있다. 5,000년 전 그와 테세우스는 미궁 중심부에서 악수를 나누며 더 이상 싸우지 않기로 합의했다. 테세우스는 자기가 괴물을 죽였다고 주장할 수 있었고, 미노타우로스는 미로로부터 도 망친 다음 악행으로 얼룩진 삶을 자유와 교환했다.

종교역사가인 미르체아 엘리아데(Mircea Eliade)는 테세우스 신화에 나오는 에피소드들을 가리켜 고대에 행해졌던 입문식의 와전되어 전해진 이야기라고 주장한다. 그는 언제 물고 강 지류 사이에 위치한 쿠바 왕국에서 행해졌던 중앙아프리카의 간다(Ganda) 전통에 대해 자세히 언급했다. 한 사내가 동굴의 어둠 속으로 들어간 다음 한 무리의 수련자들이 동굴 입구 주위로 모인다. 동굴에 들어간 남성은 동굴 깊숙한 곳에서 소리를 지르고 막대기를 두드리며 돌아다녔고, 수련자들은 그가 악령들과

싸우고 있다는 설명을 듣게 된다. 그런 다음 사내는 몸에 염소의 피를 전부 바른 채 비틀거리며 동굴 밖으로 나온 다음 쓰러지고, 왕은 곁에 질린 수련자들에게 한 명씩 동굴로 들어가라고 명령한다.

그들은 자신이 괴물을 마주하고 있다고 생각했지만 사실 그들이 만난 것은 자기 두려움의 한계일 뿐이었다.

옴베르토 에코는 "미로에는 미노타우로스가 필요하지 않다"고 말했다. "미로 자체가 미노타우로스이기 때문이다."

헤르만 케른(Hermann Kern)은 자신의 기념비적인 저 이 새로운 단계나 새로운 격으로 거듭나는 것이다. 미궁

서인 《미궁을 지나며(Through the Labyrinth)》에서 "미궁 이 중심부는 죽음과 재탄생이 벌어지는 곳이다"라고 말

에서 나오면 처음 들어갈 때와는 다른 사람이 된다. 존재 했다.

저승에 내리사 사흘날에

죽은 자들 가운데서 부활하시니

《사도신경》에 묘사된 '지옥의 정복'이라는 기독교의 전통적

인 개념에 따르면, 예수께서는 십자가에 못 박힌 후 저승으로 내

려가 악마를 굴복시킨 뒤 선한 망자들을 일으켜 천국으로 인도한다.

켄트에 있는 리즈(Leeds) 성의 미로를 탐출할 때에도 마찬가지로 지하세계를 통과해야 한다.

먼저 중앙에 솟아오른 둔덕에서 내려와 엄폐된 입구를 통해 계속 밑으로 내려간다. 나선형 길을 따라가다 보면 뼈대

만 갖춘 작은 인공 동굴로 들어가게 되는데, 그곳에는 기괴한

거인의 얼굴이 물을 뿜어내는 분수가 있다. 이후 구불구불한

지하 통로를 거쳐 유목으로 만든 뽈 달린 징검 조각상을 지나

면 햇빛 속으로 다시 나갈 수 있다.

죽음 끝을 맴도는 괴물 미노타우로스와 마주하게 되었다.

영웅은 미로의 중심부에서 자기 자신의 모습과 마주한다.

이러한 미로의 중심부에서 귀환하는 것은 곧 죽음에 대한 삶의 승리를 의미한다.

인도의 대서사시 《마하바라타》에서 아수라인 슈크라는 속임수에 빠져 현자인 카차를 삼키게 된다. 이후 카차는 슈크라의 뱃속에서 나오면서 슈크라로부터 불멸의 비밀을 배우게 된다.

테세우스는 햇볕이 스러지고 짙은 어둠이 내려앉은 즈음

당신은 죽음을 통해 짐을 덜고 … 그 모든 것에서 해방되었지만 동시에 더 이상 자유를 얻지 못하는 대가도 치르게 되었다. 그 또한 죽음을 통해 절대적인 자유를 찾으면서 동시에 잃게 되는 모순이다.

롱리트의 중심부에, 이 '사점'이라는 교착 지점을 변화시키고 싶어서 작은 탑을 세웠다. 물론 내 손으로 직접 만든 것은 아니고 지어달라고 지시했다. 거기서 미로 전체를 살펴보고자 했다.

이런 사색적인 위치에 있다 보면 어떤 식으로든 죽음을 삶으로 되돌릴 수 있을 것만 같다."

"정체성 없는 의식을 갖는 것이 이상적이다. 당연히 나도 그런 상상을 한다.

그러나 그것은 일종의 점근선(漸近線)이다. 정체성 없이 의식에 도달하는 것은 불가능하지만 동시에 매력적인 제안이기도 하다.

미로의 중심부에 도달하면 … 당신은 중심을 찾고 당신 자신도 찾게 된다. 잃어버리고 싶었던 자아를 찾은 것이다. 이것이야말로 완전한 모순이 아닌가.

당신은 사점(dead point) 한가운데에 있으니, 바로 그 지점에 죽음과 연관된 어떤 의미가 있는 것만 같다.

그 여자가 나를 미로에서 길을 찾게 만들었던 장소로 들고 또 그곳을 벗어났을 거예요."

그해 여름 나는 영국 전역을 차로 돌아다니면서 곳곳에 있는 미로를 둘러봤다. 그렉에 대해 더 많이 알게 될수록 그의 이야기에 매료되었고, 1979년 이후 그에게 무슨 일이 일어났는지 알고 싶다는 호기심이 점점 커져갔다.

"그가 어디로 갔는지는 아무도 모릅니다." 제프가 말했다. "아마 이름을 바꿨을 수도 있겠죠.

난 그렉 브라이트를 찾아 나섰다.

미로 및 미궁 연구 저널인 《카에드로이아(Caerdroia)》의 에디터이자 세계 최고의 미로 역사가인 제프 사워드(Jeff Saward)에게 연락했다. 그렉의 행방을 아는 사람이 있다면 바로 그일 것이라고 생각했기 때문이다. 우리는 2011년에 열린 제1회 새프런 월든 미로 페스티벌(Saffron Walden Maze Festival)에서 만났다.

"그렉 브라이트는 정말 수수께끼 같은 사람이에요." 제프는 그렇게 말했다. "말 그대로 지구상에서 사라졌어요. 호주로 이주했다는 소문이 돌기도 했고, 출판사를 비롯해 다양한 곳에서 그를 찾으려고 했었지요. 그들도 몇 년 전에 제게 연락해서 그렉이 어디 있는지 아느냐고 묻더군요. … 제가 아는 한 그들 누구도 그렉을 찾지 못했습니다."

자궁

"배 일곱 척을 제외하고는 아무도 카에르 시디에서 돌아오지 못했다."

중세 웨일스어로 쓰인 오래된 시 중 하나인 수수께끼 같은 〈안눈의 전리품(Preiddeu Annwn)〉에서는 죽은 자의 영역인 카에르 시디를 장엄하고 우울하며 높고 가파른 경사면이 있는 네모진 곳으로 묘사한다. 순백의 여신인 아르얀로드(Arianrhod)가 이곳을 다스리며 북풍(North Wind)의 뒤쪽에 거하는데, 그 위치는 하늘에 북쪽 왕관자리(Corona Borealis)라는 별자리로 표시되어 있다.

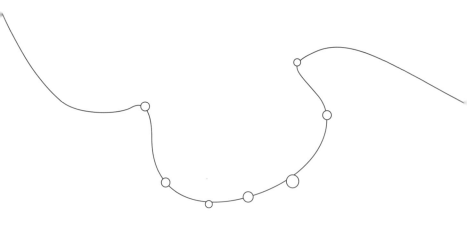

죽은 자는 일반적으로 카에르 시디에서 떠나는 것이 금지되어 있지만 '안 눈의 전리품'은 일곱 영웅이 어떻게 기적적으로 집으로 돌아왔는지를 알려 준다.

우리는 그들이 누구었는지 짐작할 수 있디. 로비트 그레이브스는 "이런 영예를 받을 자격이 있는 이들로는 테세우스, 헤라클레스, 아마타온, 아서, 귀디온, 하포크라테스, 케이, 오웨인(웨일스 민족의 전설적인 지도자-옮긴이), 다이달로스, 오르페우스, 쿠훌린(아일랜드의 영웅-옮긴이) 등을 꼽을 만하다" 고 어림했다.

테세우스가 치명적인 미궁에서 탈출한 것은 아리아드네의 도움이 있었 기에 가능한 위업이었다.

그레이브스는 '아리아드네'를 웨일스어로 표기하면 바로 순백의 여신 이름인 '아른얀트로드'가 된다는 사실에 주목했다.

아리아드네는 테세우스의 손을 잡고 항구를 향해 달려갔다. 데이달로스는 높은 창문가에 서서 일행이 구불구불한 거리를 달리는 모습을 지켜봤다. 아리아드네는 여름이 내린 절벽 사이에 난 길을 가운데 가장 활성하고 빠른 절벽 선택했다. 그들은 테세우스가 아테네에서 이곳까지 올 때 탔던 날렵한 범선을 골랐다. 테세우스는 다른 배들의 선체에 구멍을 뚫어놓으라고 명령했다. 도시에는 겁보들이 몰려 꽉졌다.

탈출에 성공한 일행은 서둘러 배에 올랐다. 미노스의 마차가 항구에 다다를 무렵, 그들이 탄 배는 항구를 막 빠져나간 다음 속도를 올려서 저 너머 어두운 바다로 나아갔다.

143

아테네의 젊은이들은 어떤 생물이 미궁의 길고 어두운 곳으로부터 나
와 통로 벽에 부딪히며 그들을 향해 비틀거리며 다가
오는 소리를 들었다. 젊은이들은 어둠 속에서 서로의
숨을 더듬어 잡았다.

테세우스가 진한 피 냄새를 풍기면서 불쑥 튀어나
왔다. 그는 땅콩 같은 심음 겁으면서 둠 형태의 방으로
뛰어 들어와 숨을 헐떡이며 신선한 공기를 마셨다.

테세우스와 동료들은 인사를 주고받은 다음 다 함
께 경사진 길을 서둘러 올라갔다. 아리아드네가 그들을
기다리고 있었다.

크노소스는 조용하고 어둡다. 죽은 경비병 두 명이
벽 앞에 힘없이 쓰러져 있었다. 아리아드네와테세우스
는 눈빛을 교환했다. 그들의 길을 가로막는 이는 아무
도 없었고 미궁은 텅 비어 있었다.

에르트는 인간을 곡선의 형상으로 빚어진 생명체라고 여겼
기 때문에 미로 체제를 의뢰할 때에도 전체적으로 부드러우면
서 유기적인 곡선으로 이뤄진 형태를 요청했다. 아일턴은 둥글
검긴 내장과 뇌의 주름, 특히 자궁 모양에서 영감을 얻
었다.

아일턴의 미로에서 들어가고

나가는 길은 탄생의 통로, 산도(産道)다. 그리고 안태의 신비는
미로의 중심부, 자궁에서 일어난다.

프로이트는 "구불구불한 길은 참자

《미로 지지자》가 내용에서 출간되자 어떤 남성이 마이클 아일탕을 찾아와 "당신 책을 읽었는데 나도 미로를 하나 만들고 싶다"고 말했다.

그는 월스트리트의 주식 중개인인 아먼드 에르프(Armand Erpf)였다. 에르프는 아일탕에게 아크빌(뉴욕 브롱스 북쪽의 캐츠킬 산맥 한가운데 있는 마을)에 위치한 자기 사유지에 미로를 설계해달라고 의뢰했다.

아일탕이 만든 아크빌 미로는 1969년에 공개되었는데 고대 이후 지금까지 제작된 석조 미로를 가운데 규모가 가장 크다. 아일턴은 미로를 제작할 때 내리막이 지엽스럽게 이어지는 장소를 선택했다. 그래서 미로 꼭대기는 얼핏 평평해 보이지만 중심부에 가까워질수록 길은 점점 아래로 내려가고 또 낮아진다. 사실 이 미로의 목표 지점은 두 곳이다. 빨간색 치장 벽토가 철해져 있는 한 곳에는 아일탕이 제작한 미노타우로스 조각상이 주먹을 쥔 채 물을 구부리고 있다. 벽에 청동 거울이 장식되어 있는 다른 곳에는 작업 중인 다이달로스의 조각상이 놓여 있고 그를 받아오는 이카루스의 조각상이 놓여 있다.

인도 북서부 지역에서는 400여 년 전부터 분만통을 완화하기 위해 마법이 깃든 탄트라 미로를 사용했다. 미궁은 엄마의 자궁을 상징하며, 인도인들은 이 문양을 삼키면 아기가 자궁에서 외부 세계로 향하는 구불구불한 출생의 여정을 헤쳐 나가는 데 도움이 된다고 믿었다. 이 디자인은 아비유마니 얀트라, 즉 '아비만유의 도형'으로 알려져 있다.

오리의 생김새에서는 이 비유가 한층 더 문자 그대로 '진화'했다. 오리과의 세계에서는 강간이 상습적으로 자행되기 때문에 암컷 청둥오리는 원치 않는 수정을 막기 위해 무려 여덟 개의 막힌 관이 있는 코르크 따개 모양의 질을 발달시켰다. 그 결과 모든 오리알은 산란될 때 복잡한 통로를 역방향으로 돌아 나와야 한다.

"사프란을 갠지스 강의 물에 풀어서 청동판에 차크라뷰를 그리는 데 써라. 그런 다음 그것을 갠지스 강물로 헹구어 산모에게 마시게 하면 곧 출산이 진행되고 산고가 잦아들 것이다."

임산부를 위한 이 조언은 인도 의례에 관한 현대서인 《브르하드 카르마칸다 밧다티》에 나온다.

프랭크 워터스(Frank Waters)는 《호피 족의 서(Book of the Hopi)》에서 이렇게 설명한다.

"입구에서 나오는 직선은 미로와 연결되어 있지 않다. 선의 양쪽 끝부분은 삶의 두 단계, 즉 어머니 대지의 자궁 안에 있는 아직 태어나지 않은 아이와 태어난 후의 아이를 각각 상징하며, 선은 탯줄과 인간이 탄생하는 과정을 상징한다. … 안쪽 선은 자궁 안에서 아이를 감싸는 태아막을 나타내고 바깥쪽 선은 나중에 아이를 안는 엄마의 팔을 나타낸다."

이 상징은 북미와 중미의 다른 아메리카 원주민 부족들도 공통적으로 사용해왔다. 애리조나 남부의 피마 족은 이곳을 장난꾸러기 창조신인 이토이(I'itoi)의 집이라고 말한다. 파나마의 구나 족은 미궁 중심부의 열십자 문양을 생명의 나무라고 부르는데, 어머니 지구가 아이를 낳는 통로를 의미한다.

애리조나 북부의 호피 족에게 미궁은 신성한 상징으로, '어머니와 아이'를 뜻하는 타푸아트(Tápu'at)라고 불린다.

이는 호피 족 신화에 나오는 '우화(羽化)'라는 개념, 즉 한 세계에서 다른 세계로의 영적인 재탄생을 나타낸다. 예를 들어 쿠스쿠르사(Kuskurza)라는 제3세계에서 오늘날 우리가 살고 있는 투와카치(Túwaqachi)라는 제4세계로 다시 태어나는 것이다.

그렉 브라이트가 스물여덟의 나이로 사라진 1979년, 또 다른 스물여덟 살의 미로 제작자가 등장했다.

경영 컨설턴트인 에이드리언 피셔는 본머스 인근 스룹에 있는 부모님 집 정원에 호랑가시나무 미로를 제작했다. 그러면서 그는 당시 일흔 살이던 랜돌 코트를 소개받았고, 그들은 함께 세계 최초의 미로 디자인 전문 회사인 '미노타우로스 디자인'을 설립했다.

미노타우로스 디자인은 위에서 내려다봤을 때 통로의 패턴이 그림을 이루는 '상징적인' 미로를 전문으로 한다.

예를 들어 블레넘 궁에 있는 말버러 미로(Marlborough Maze)는 세계에서 가장 큰 도안 미로다. 미로의 경로를 대포, 깃발, 나팔 등의 모양으로 그려낸 방식을 통해 초대 공작이 블레넘 전투에서 거둔 승리를 기념했다.

코트는 보르헤스가 사망한 해인 1986년에 사업에서 손을 뗐고, 피셔는 회사명을 자기 이름을 딴 '에이드리언 피셔 메이지스(Adrian Fisher Mazes Ltd)'로 변경했다. 이후 그는 35개국에서 700개가 넘는 미로를 제작했다.

피셔는 울타리 미로, 거울 미로, 물 미로, 벽돌 미로, 모자이크 미로, 컬러 미로를 디자인했고, 특정 계절에만 개장하는 옥수수밭 미로라는 분야를 개척해서 이제는 여름마다 수많은 옥수수밭들이 미로로 만들어지고 있다. 그는 특정 도시의 보도부터 전국 규모의 관광 프로모션을 비롯해 두바이 초고층 건물에까지 미로를 적용시켰다. 피셔는 지금까지 앞펼쳐진 미로 디자이너 가운데 가장 많은 작품을 만든 사람이다.

브라이트가 '원초적인 선의 의미'에 매료되었던 반면, 피셔는 미로를 찾는 이들의 경험에 관심이 많았다.

도시에 있는 피셔의 집을 방문했을 때 그는 이렇게 말했다. "우리는 가족이 성장할 수 있는 환경을 만들고 싶습니다. 젊은 남녀는 결혼해 가정을 꾸리고 자녀를 키우며 여러 가지 일을 함께 하고 싶어 하죠. … 그렇게 가족이 성장할 수 있는 환경을 조성하는 게 정말 재미있습니다."

그는 나를 자기 집 정원에 있는 전시용 미로로 안내하면서 미로 안에 움직이는 장치들과 숨겨진 레이저가 있다는 것을 상상해보라고 했다.

"여기로 가다가 전자범을 건드렸지만 깨닫지 못하고 계속 걸음을 옮겨요. 그러다 또 다른 전자범을 건드리고도 알아차리지 못했는데 갑자기 감자기 분수대가 꽐꽐 속아올라 가는 길을 가로막습니다. 이게 바로 생각할 줄 아는 미로인 거죠.

그다음으로는 물이 쏟아지는 것을 각오하지만 물은 떨어지지 않습니다. 그러면 '이 정도면 괜찮은데?'라는 생각이 들겠죠. 그래서 길을 되돌아가서 직전에 맞닥뜨렸던 밤도 다시 건드려보고 그런다 첫 번째 밤까지 건드려보는데, 그때 미로가 이렇게 말하는 겁니다. '저기, 길 찾는 건 이제 포기한 거예요? 정말 포기했어요? 좋아요!' 그러면서 물이 쏟아지는 거죠. 이제 막혔던 길이 열리면서 통과할 수 있게 됩니다. 그리고 누가 그곳을 운영하는지 알게 되는 겁니다."

피셔는 에드워드 동물원과 베그랜드 윈저의 미로에 이렇게 이용자의 선택에 맞춰 반응하는 장치들을 설치했다.

그의 미로에서 탈출하는 우연한 방법은 패배를 인정하는 것뿐이다. "당신이 할 수 있는 일은 '피셔에게 항복한다'고 말하는 것뿐입니다." 그는 길을 찾지 못해 절망한 사람들이 무너지듯 주저 앉아 쉴 수 있는 스프링 달린 나무 의자를 만들 계획이다. 의자에 사람 몸무게가 실리면 자물쇠가 풀리고 천천히

흘러내리기 시작한 물이 이용자의 머리 위로 쏟아지는 것이다.

"물이 쏟아지는군요."

미로는 변화를 일으키는 공간이다. 월트 디즈니가 제작한 애니메이션 영화 〈이상한 나라의 앨리스(Alice's Adventures in Wonderland)〉의 후반부에는 극을 절정으로 치닫게 하는 미로가 등장한다. 이를 바탕으로 파리 디즈니랜드에는 '앨리스의 호기심 미로'라고 불리는 울타리 미로가 설치되어 있다.

이상한 나라와 거울나라를 통과하는 앨리스의 여행은 미로를 꼭 닮았다. 맴돌고 뒤죽박죽으로 만들며 갑갑함에 빠뜨리고, 미로를 헤매는 어린 소녀만큼이나 갈팡질팡하는 인물들로 가득하다.

찰스 도지슨(Charles Dodgson)은 어릴 때 아버지의 목사관 뒤편에 있는 눈밭 위에다 미로를 새기는가 하면, 세 형제와 일곱 누이를 즐겁게 해주려고 직접 제작한 잡지 〈미시매시(Mischmasch)〉에 미로를 만들어 넣기도 했다. 그 미로는 여느 것들과는 다르게 중심부에서 시작해 탈출을 시도하는 방식이었다. 1991년 에이드리언 피셔는 도싯의 메리타운 하우스에 자기만의 앨리스 미로를 만들었다. 이 미로의 중심이 되는 장식물은 티타임에 고정된 흰 토끼의 회중시계다.

모험이 끝나면 앨리스는 언니의 무릎에서 깨어난다. 앨리스가 자신이 꿨던 꿈을 이야기하고, 이를 들은 언니는 앨리스의 이야기와 똑같은 꿈을 꾸다가 어른이 된 앨리스의 모습을 상상하게 된다.

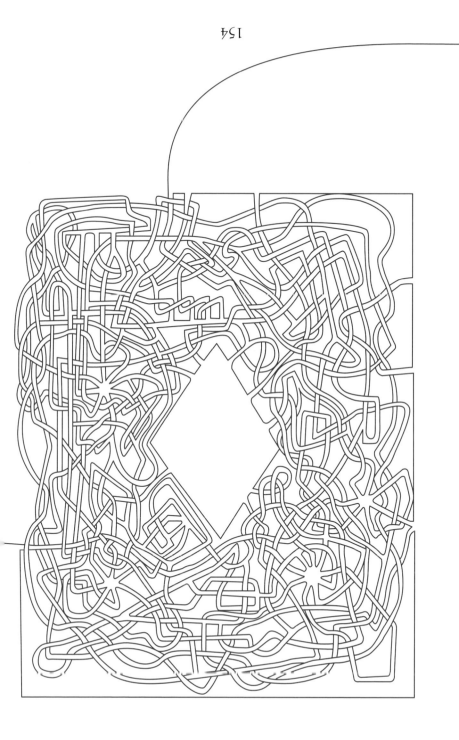

미로, 길잡을 잃을 때는 천가용

기예르모 델 토로(Guillermo del Toro)가 2006년에 제작한 영화 〈판의 미로(Pan's Labyrinth)〉는 《이상한 나라의 앨리스》에 맞은 영향을 받고있다. 이 영화의 중심인물은 현실을 이해하기 위해 상상의 세계로 물러나는, 이제 막 어른이 되려는 소녀다.

영화 속 이상한 나라로의 여정은 군중 군중 모습을 한 요정이 소녀 오필리아를 양아버지의 군사령부 근처에 있는 폐허가 된 미궁으로 인도하면서 시작된다.

"미궁은 아주아주 강력한 신호"라고 델 토로는 설명한다. "… 미궁은 길을 잃는 게 아니라 길을 찾기 위한 곳이다. 그것이 나한테는 매우 중요했다. 미궁은 감자기 방향이 바뀌기도 하고 길을 잃은 듯한 착각을 불러일으킬 수 있는 곳이지만 우리는 항상 어딘가에 반드시 있을 목표 지점, 미궁의 중심부를 향해 쉬지 않고 이동하고 있다."

영화의 오프닝에서는 미궁의 중심부에 누워 있는 오필리아의 코에서 피가 흘러내리는 모습을 보여준다. 그러나 시간이 거꾸로 흐르면서 피가 위쪽으로 거슬러 올라가며 사라지고, 죽음에서 생명을 향해 나아간다.

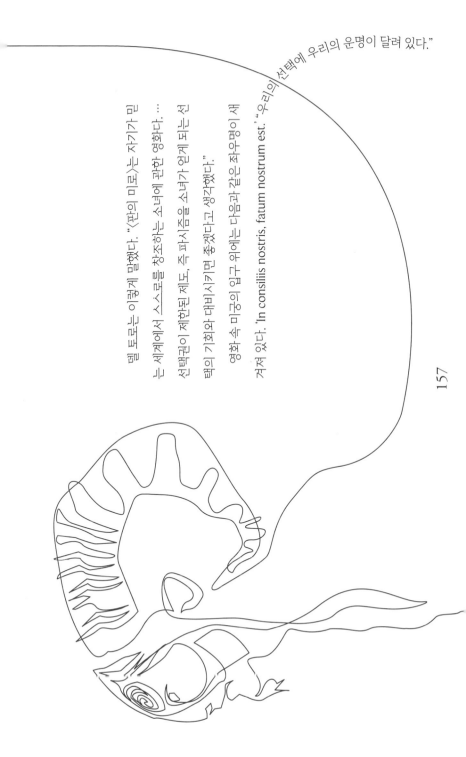

델 토로는 이렇게 말했다. "〈판의 미로〉는 자기가 믿는 세계에서 스스로를 창조하는 소녀에 관한 영화다. … 선택권이 제안된 제도, 즉 파시즘을 소녀가 언제 되는 선택의 기회와 대비시키기면 좋겠다고 생각했다."

영화 속 미궁의 입구 위에는 다음과 같은 좌우명이 새겨져 있다. 'In consiliis nostris, fatum nostrum est.' "우리의 선택에 우리의 운명이 달려 있다."

157

순례 여행

난 당신에게 황금실의 끄트머리를 쥐어준다.

이걸 감아 실꾸리를 만드는 것만으로

당신은 예루살렘 성벽에 지어진

천국의 문으로 인도될 것이다.

윌리엄 블레이크(William Blake)의 서사적 예언시 〈예루살렘(Jerusalem)〉에 나오는 이 구절은 17세기 프리지아 출신의 예술가 보에티우스 볼스베르트(Boetius à Bolswert)가 제작한 동판화를 떠올리게 한다. 순례자는 크레바스가 생긴 미로 같은 위험한 길의 한복판에 서 있다. 다른 곳에서는 길 잃은 영혼들이 허공에서 팔다리를 버둥대며 그 갈라진 틈새로 떨어지지만, 순례자는 미로에서 안전하게 탈출할 수 있도록 이끌어줄 실을 쥐고 있다. 그 실의 다른 쪽 끝은 거룩한 성의 꼭대기에 있는 천사가 붙잡고 있다.

성 아우구스티누스는 기독교인이란 의의 길에서 언제든 어긋날 수 있다는 위험을 감내하며 주님께 가는 길을 찾고자 고군분투하는 순례자라고 말했다. 17세기 영국의 시인 프랜시스 퀼스(Francis Quarles)는 우의화집에서 볼스베르트의 이미지를 재현하며 그 교훈을 다음과 같이 설명했다.

세상은 복잡하고 굴곡지니,
가련한 그리스도인들은 그곳에서 한참을 방황한다.
하지만 자신을 인도하는 천국의 빛을 지닌 이라면
길을 잃지 않으리라.

"크레타의 미궁에 대해 들어본 적이 있나요?"

"들어본 적 있습니다."

"세계의 불가사의 가운데 하나였지요. 그곳에는 방과 구획, 통로가 너무 많아서 안내인 없이 그 안에 들어간 사람은 출구를 찾지 못해 이리저리 더듬으며 헤매고 다닐 정도였다지요. 하지만 오늘날 만들어진 미궁들과 비교하자면 그건 장난에 불과한 수준밖에 안 되거든요."

17세기 체코의 요한 아모스 코메니우스(John Amos Comenius)가 쓴 《세상의 미궁과 마음의 천국(Labyrint světa a ráj srdce)》이라는 우화에서 순례자는 인간의 호기심을 상징하는 유비쿼터스와 딜루전이라는 믿을 수 없는 두 동반자에게 홀려 '세계 도시' 안으로 점점 더 깊숙이 들어가게 된다. 순례자는 '짐작의 유리'에서 잘라낸 렌즈를 '버릇의 뿔테'에 끼운 안경을 받아

든다. 그는 이 안경을 통해 세상을 거꾸로 바라본다. 마침내 안경을 벗은 그는 자신이 "벌레, 개구리, 뱀, 전갈, 고름, 악취"로 가득한 부패의 막다른 구덩이 앞에 서 있다는 것을 알아차린다.

선택의 자유는 오류가 벌어질 위험을 의미하기도 하는데, 엄격한 도덕률이 존재하는 세상에서는 이것이 비관적인 생각으로 이어질 수 있다. 로버트 버튼(Robert Burton)은 《우울증의 해부(The Anatomy of Melancholy)》에서 "세상 자체가 미로이자 오류의 미궁이고, 사막, 황무지, 도둑과 사기꾼들의 소굴이며, 오물로 가득한 수렁, 무시무시한 암초, 깎아지른 절벽, 역경이 넘실거리는 바다, 무거운 멍에로 가득하고, 질병과 재난이 파도가 치듯 엎치락뒤치락하며 따라온다"고 한탄했다.

기독교에서는 미로를 의로운 삶을 살아가는 데 필요한 고된 시련, 제약과 신독(愼獨)의 상징으로 받아들였으며, 따라서 신자들에게 길을 인도하는 실마리도 제시해줬다. 그리스도는 제자들에게 "내가 길이다"라고 물었다.

가장 웅장한 규모를 갖춘 기독교의 미궁은 프랑스 북부 보스(Beauce) 평야에 우뚝 솟아 있는 샤르트르 대성당 내부에 있다. 샤르트르 대성당은 거대한 장미창과 수많은 플랑부아트레스 그리고 우뚝 솟은 비대칭 첨탑이 있는, 이를테면 고딕 양식의 완성품이다. 13세기에는 유럽 전역의 순례자들이 성모 마리아가 그리스도를 낳을 때 입었다는 옷인 상타 카미사(Sancta Camisa)를 보려고 이웃으로 모여들었다. 상타 카미사는 신성 로마 형제 카롤루스 2세가 샤르트르 대성당에 기증했다고 전해진다.

신도석 바닥에는 청록색 대리석으로 된 12미터 길이의 미궁 문양이 새겨져 있다. 서쪽 문을 통해 들어오는 사람은 누구나 그 중심원에 건해서 구부러진 십자가 모양의 경로를 따라 중앙에 있는 장미 문양에까지 이끌려 간다. 기독교적 미궁의 패턴은 십자가가 포함되고 경로 수가 일곱 개에서 열한 개로 늘어나는 등 계속해서 진화했다. 상 아우구스티누스의 말에 따르면 11은 나쁜 숫자다. 십계명보다 하나 많지만 예수의 제자 수에는 미치지 못하기 때문이다. 열한 개의 길로 이루어진 미궁은 죄악으로 얽히고설킨 세계를 상징한다.

교회의 미궁은 의식적인 면에서도 중요했다. 오세르
에서는 춘분 이후 만월 다음 일요일 부활절에 주세리
대부터 전해져 내려오는 놀이를 진행했다. 성당 참사회
회원들과 사제들이 미궁 주위에서 손을 맞잡고 있는 동
안 대성당 주임 사제는 그 길을 따라 춤을 추면서 커다란
가죽 공을 주변의 성직자들과 주고받았다. 상스와 사르
트르 대성당에서도 이와 비슷한 부활절 축하 행사가 거
행되었다.

행사가 벌어지는 춘분 즈음이라는 시점은 공이 태양
을 상징하며, 공의 움직임은 황도와 경로와 한 해의 전환
점을 나타내고 있음을 암시한다. 다시 말해 오래전부터
부활절마다 이어져온 놀이들은 봄의 부활과, 더 나아가 그리스도의 부활을
상징하는 셈이었다.

예루살렘 순례가 정점에 이르면 신자들은 카바 신전 주위를 일곱 바퀴 돈다.

18세기에는 예루살렘으로 향하는 고된 여정을 대신해 중세 교회의 미궁이 무릎을 꿇고 하는 상징적인 여행, 축소된 순례처럼 이용되었다. 랭스 대성당의 미궁은 수 맹드 예루살렘(Chemin de Jérusalem), 즉 '예루살렘 길'이라고 불리기도 했다.

샤르트르 대성당의 미궁은 예루살렘이 원형 세계의 심지 또는 '배꼽'에 위치했던 중세의 마파 문디(mappae mundi, 중세에 제작된 세계 지도—옮긴이)를 떠올리게 한다. 13세기 후반에 만들어진 헤리퍼드 대성당의 미파 문디는 보면 크레타 섬 부분에 '미궁: 즉 다이달로스의 집'이라고 표기된 샤르트르 대성당 형태의 아주 작은 미궁을 찾을 수 있다.

미로에서는 목적지에 도달하기 위해 때로는 직관과 반대되는 방향으로 틀어야 할 때가 있다. 시계추의 진자운동처럼 앞으로 나아가려면 먼저 반대 방향인 뒤로 물러나야 하듯이 말이다. 이러한 접근 방식은 갈림길 없는 일 방향 미궁에도 마찬가지로 적용된다. 헤르만 케른(Hermann Kern)은 이를 가리켜 "숨을 들이쉬기 위해 부풀어 오른 가슴"과 같다고 설명한다.

"말하자면 미궁에 들어간 사람은 처음에는 심호흡을 하다가 바깥쪽 가 장자리로 이끌려가게 된다. 그러다 숨을 내쉬고 나면 … 다시 중심부 근 처로 돌아온다. 그리고 가슴을 부풀리며 숨을 들이마시기 전에 다시 중 심부 근처를 지나가게 된다."

이러한 움직임은 부정 신학(apophatic theology, 부정적인 진술을 통해서 신 에 대해 설명하는 신학적 사고방식—옮긴이)의 비아 네가티바(via negativa, 부정 의 통로)를 나타낸다. 오직 부정을 통해서만 진보가 가능하다는 것이다.

성 토마스 아퀴나스가 말했던 것처럼 신을 찾는 영적 탐구에서 우리가 바랄 수 있는 가장 큰 소망은 "우리가 그분을 모른다는 사실을 아는 것"이 다. 때로는 반대 방향으로 걸어가야만 중심부에 도착할 수 있다.

앨리스는 '살아 있는 꽃들의 정원'에서 작은 언덕으로 가기 위해 그곳으로 곧장 이어지는 것처럼 보이는 길을 택한다.

"하지만 길이 너무 이상하게 휘어져 있네! 길이 아니라 무슨 코르크 따개 같잖아! 음, 여기만 돌면 언덕이 나올 거야. 아, 아니네! 다시 집으로 돌아가잖아! 그럼 이번엔 다른 길로 가봐야겠네."

앨리스는 이리저리 헤맸지만 아무리 노력해도 언덕에 닿을 수가 없었다. 그때 장미나무가 말을 걸었다. "내가 충고하는데 반대 방향으로 가는 게 좋을 거야." 앨리스는 말도 안 된다고 생각했지만 장미의 조언은 멋지게 성공했다.

그 미로는 나중에 사라졌지만 그가 꿈에서 본 디자인은 윅 리싱턴 교구 교회의 벽에 모자이크로 기록되어 있다.

1950년에 글로스터셔에 있는 웍 리싱턴의 교구 사제인 캐논 해리 칠스 (Canon Harry Cheales)는 꿈에서 식물이 무성하게 자란 자신이 정원을 미로로 바꾸라는 계시를 받았다.

"마치 내 앞에 빈 화면이 나타난 것 같았다"고 그는 회상했다. "그 위에는 튜브에서 짜낸 치약처럼 하얀 빛의 무늬가 그려져 있었다. 날이 밝자마자 잠옷 차림으로 밖에 나가 확인해보니, 실제로 꿈에서 예언한 것처럼 덤불 사이를 지나는 길의 흔적을 발견할 수 있었다."

캐논 칠스가 주목나무, 쥐똥나무, 버드나무로 이뤄진 미로를 키우기까지는 5년이란 시간이 걸렸다. 그는 "인생이란 여행이다"라고 말한다. "미로를 통과하는 길의 모든 부분은 우리가 살아가는 달과 해다. 교차점은 우리가 직면해야 하는 결정이며 잘못된 방향으로 길을 도는 것은 우리가 저지르는 실수를 나타낸다. 그리고 미로의 중심부는 천국을 상징한다."

미궁이 가진 영적인 매력은 많은 이들에게 지금도 여전한 영향력을 행사하고 있다. 샌프란시스코에 있는 그레이스 처치 대성당의 참사회 회원인 로런 아트레스(Lauren Artress)는 1991년에 샤르트르 대성당을 방문했다.

그는 미궁을 뒤덮고 있던 의자를 치우고 대리석 길을 걸었다. 미궁이 지닌 명상과 치유의 힘을 여러 사람들에게 전파해온 그의 인생 여정은 그렇게 시작되었다.

"미궁은 변화를 위한 청사진"이라고 아트레스는 말한다. "그것은 우리 삶에서 자연스럽게 전개되는 심리영성의 발달 과정을 보여준다."

집으로 돌아온 아트레스는 캔버스에 샤르트르 대성당의 미궁을 본떠 그린 다음 그레이스 처치 대성당 본당 바닥에 설치했다. 개회일이 되자 많은 사람들이 이 길을 걷기 위해 여섯 시간 동안 줄을 서서 기다렸다.

전 세계를 돌아다니면서 미궁에서 얻을 수 있는 정신적 이점에 대해 설교하고 있다.

1996년에는 '지구 곳곳에 미궁을 많이 만드는 것을 목표로 하는 비영리 단체인 베리디타스, 세계 미궁 프로젝트를 설립했다. 현재 이 단체의 데이터베이스에는 80개 이상의 나라에 있는 5,200개 이상의 미로가 등록되어 있음

미궁 걷기는 이제 그레이스 처치 대성당에 뿌리 내린 명물이 되었다. 1994년에는 캔버스 형태의 미궁이 맨발로 걸을 수 있도록 디자인된 태피스트리로 대체되었다. 그리고 2007년에는 석회암과 대리석으로 이뤄진 영구적인 미궁이 설치됐다.

아트레스 박사는 자신을 자아초월 심리치료사, 인생 상담 코치, 영성 지도자, 성공회 사제라고 소개하며 현재

171

이르러서는 자기 발목을 잡고 있는 가시덤불에서 벗어나려고 애쓰는 머슴이 새겨져 있다.

히에로니무스 스펄링(Hieronymus Sperling)이 18세기에 제작한 판화를 보면 벌거벗은 아기천사가 사랑의 미로 속으로 열심히 달려 가지만 가운데 판화에서는 눈이 가려진 채 길을 잃고, 결국 오른쪽 판화에

1327년 4월 6일 성금요일 아침, 프란체스코 페트라르카는 아비뇽의 생클레르 성당에서 아름다운 여인을 보았다. 그는 그녀의 '기품 있는 태도'와, 그녀의 이름을 부를 때마다 울리는 '달콤한 어조'를 찬양하는 소네트를 작곡했는데 마지막 연의 내용은 다음과 같다.

> *1327년 4월 6일*
> *해가 막 뜰 무렵,*
> *미궁에 들어갔으나 나가는 길은 보이지 않네.*

> *Mille trecento ventisette, a punto*
> *su l'ora prima, il dí sesto d'aprile,*
> *nel laberinto intrai, né veggio ond'esca.*

이 시에서 페트라르카는 순례자의 길을 낭만적인 사랑의 여정으로 재해석함으로써 미궁에 대한 은유를 멋지게 변주했고, 미로의 의미를 완전히 새롭게 정의했다.

페트라르타의 서정시집에 실린 '사랑의 미궁'은 16세기 중반부터 17세기 중반 사이 유럽에서 엄청난 인기를 끌었다. 여기서 미궁은 우여곡절 많았던 긴 연애 끝에 맞은 해피엔딩이 되기도 하고, 반대로 원치 않는 복잡한 관계를 피할 수 없는 상황이 되기도 한다.

식사 후 아베네 일당은 앉은 자리에서 그대로 잠이 들었다. 불꽃이 춤이들고 불씨가 빛나기 시작하자 베세우스와 아리아드네는 불가에서 몰래 빠져나왔다. 그들은 해변에서는 보이지 않는 공터를 찾았다. 그 근처에는 어둠에 파묻혀 어슴푸레한 무언가가 있었지만, 그들에게는 그저 서로만이 보일 뿐이었다. 크레타와 미궁에서 탈출한 뒤 해방감을 악누는 채 함께해왔던 그들은 지금 서로의 귀에 맹세의 말을 속삭이고 있었다.

175

테세우스와 아리아드네, 그리고 아테네 선원들은 밤낮을 가리지 않고 열심히 항해한 끝에 오늘날 낙소스 클럽진 디아 섬에 배를 정박시켰다.

오랜 항해로 지친 그들은 서둘러 배에서 내려 해변으로 오르자마자 드러눕고 하얀 모래에 허물어지듯이 쓰러졌다. 그리고선 누운 채로 하늘을 바라보며 이글거리는 아폴론에게 감사를 올렸다. 테세우스는 피로가 풀렸으나 곳에 웅크리고 앉아 투명한 진줏빛 속에 손을 담그고선 포세이돈에게도 감사를 드렸다.

휴식을 취하면서 한낮 찌부룩한 그들은 먹을 것을 찾아 나섰다. 아테네 인 한 명이 숲에서 새끼돼지 한 마리를 잡아 해변에 불을 피우고 저녁식사를 준비했다.

해가 뜰 무렵 아리아드네가 잠에서 깼다. 그녀는 자신이 혼자 있음을 깨닫고는 졸린 눈으로 주위를 둘러봤다. 그녀는 작은 신전의 성소 가장자리에 누워 있었다. 아리아드네는 테세우스가 누워 있던 옆자리 바닥을 더듬고선 몸을 일으켜 앉았다. 성소에는 디오니소스의 상징이 새겨져 있다. 아리아드네는 기둥 사이로 비스듬하게 비쳐드는 반짝이는 햇살을 바라봤다. 그때 멀리서 고함소리와 물 튀기는 소리가 들렸다.

아리아드네는 벌떡 일어나서 해변을 향해 달렸다. 앞을 가로막는 나무를 치우자 배가 바다에 떠 있고 마지막 아테네 인이 막 닻을 올린 배에 뛰어오르는 모습이 보였다. 그들은 아리아드네를 놔둔 채 떠나고 있었다. 그녀가 모래사장을 달려가는 동안 돛이 바람에 펄럭이며 잔뜩 부풀어 올랐다. 그녀는 얕은 물가로 첨벙첨벙 뛰어들었지만 점점 속도를 올리는 배를 따라잡을 만큼 빠르게 물살을 헤치고 나아갈 수는 없었다.

테세우스는 선미에 서 있었다. 쫓아가기를 멈춘 아리아드네는 크레타의 여사제다운 위엄을 갖춰 그를 마주봤다. 배가 수평선 너머로 사라진 지 한참 지난 뒤에도 그녀는 하릴없이 파도 속에 서 있었다.

아침 햇살이 요동치는 썰물과 물길에 부딪혀 빛났다. 그렇게 흘러가는 바닷물의 일부는 크노소스로 돌아가고 다른 일부는 그녀의 연인을 그녀에게서 멀어지게 했다.

바람이 시리다.

테세우스가 아리아드네를 배신한 이유는 아무도 모른다.

어떤 사람은 변덕이 심한 날씨 때문이라고 말한다. 아리아드네가 가장 먼저 해변에 내렸는데 바람에 떠밀려 배가 바다로 되돌아갔다는 것이다. 어떤 이들은 테세우스의 사랑이 다른 곳에 내려앉았기 때문이라고 말한다. 그들이 낙소스에 도착하기 전부터 이미 아리아드네보다 더 예쁘다는 동생 파이드라가 테세우스와 연인 사이였다는 것이다.

또 다른 이야기에서는 테세우스가 아리아드네 옆에서 자는 동안 포도주와 황홀경의 신, 광란 상태에서 숭배되는 뿔 달린 디오니소스 신이 나타났다고 이야기한다. 자신의 성소가 더럽혀진 데 화가 난 신이 테세우스의 꿈에 나타나 그 대가로 아리아드네를 요구했다는 것이다.

　　이유가 무엇이든 해변에 혼자 남겨진 것을 알게 된 아리아드네는 테세우스에 대한 사랑 때문에 자기가 행한 모든 일들, 아버지를 속이고, 오빠 살해를 방조하고, 조국을 버린 것을 떠올리며 복수를 다짐하면서 큰 소리로 울었다. 그 모든 것의 대가가 이렇듯 비참하게 버려지는 것이었다니.

　　아리아드네가 모래 위에 주저앉아 있을 때 디오니소스가 자신을 섬기는 여사제와 사티로스 행렬을 거느리고 숲에서 나와 그녀에게 다가왔다. 그리고 신은 그녀를 신부로 맞았다. 디오니소스는 인도산 청금석과 보석으로 만든 왕관을 선물하고 아리아드네를 하늘로 데려갔다.

　　아리아드네의 왕관은 지금도 밤하늘에 북풍의 왕관인 코로나 보레알리스 별자리로 빛나고 있다.

메리 레놀트(Mary Renault)의 신화 해석에 따르면 낙소스는 디오니소스를 숭배하는 장소다. 디오니소스 축제에 참석한 테세우스와 아리아드네는 동물 가면을 쓴 여사제들이 젊은 낙소스 왕을 성산으로 데려가는 모습을 지켜봤다. 아리아드네는 축제의 열기에 물들면서 군중 속으로 사라졌고, 테세우스는 광란에 휩쓸려 그녀를 놓치게 되었다. 테세우스도 그들을 좇아 점점 더 숲이 우거지면서 햇볕을 좇았던 술에 취한 군중은 디오니소스에 씌었고, 테세우스는 만년설 아래 공터에서 두 명의 낙소스 소녀와 사랑을 나누면서 멀리서 점점 커져가는 비명을 어렴풋이 들었다.

그는 저녁이 될 때까지 아리아드네를 찾지 못했다.

"매끄럽고 풍성하고 윤기 나는 그녀의 눈꺼풀이 눈 위에 조용히 덮여 있고, 짙은 속눈썹과 대조되는 뺨에는 부드러운 혈색이 돌았다. 그렇게 그녀는 부드러운 가슴을 고이 안은 자세로 누워 있다. 그동안 자신이 바랐던 그녀의 모습이다. 하지만 그녀의 잎은 온통 핏빛으로 뒤덮여서 보이지 않았다. 그녀가 숨을 크게 쉬는 타임을 뻗리자 맞닿을 은 피의 찌꺼기가 가까이 있는 이 가 드러났다. 그녀 위로 몸을 굽히자 퀴퀴한 악취와 와인 향이 뒤섞인 냄새가 자신을 맞았다."

여전히 잠든 상태인 아리아드네가 끔적거리는 손바닥을 펴자 피에 푹 젖어서 펴지 잘 않아볼 수 없는 것이 드러났다. 산에서 난잡한 잔치를 벌이다가 칼가리 찢겨 죽은 왕의 끔찍한 살덩이였다.

공포에 사로잡힌 테세우스는 아리아드네에게 대한 사랑을 되살리지 못했고 버림받은 그녀는 디오니소스의 여사 제가 되었다.

미셀 푸코는 미로를 '디오니소스적인 거세의 드장'이라고 불렀다.

셰익스피어가 테세우스를 소재로 삼아서 쓴 희곡 두 편 가운데 하나는 테세우스가 아마존의 여왕 히폴리테와 결혼하기

며칠 전의 시점에서 시작된다.

"나는 칼을 들고 당신에게 구애하여 / 당신에게 상처를 입히면서 사랑을 얻었소." 테세우스는 히폴리테에게 이렇게 말한다. "하지만 결혼식에선 방법을 바꿔서 / 화려하고 당당하고 성대한 축하연을 열 것이오."

한편 아테네 외곽에 있는 왕궁으로 불든 숲에서는 요정의 왕 오베론이 테세우스가 아리아드네에 대한 '신뢰를 저버리게' 만들었다며 요정의 여왕 티타니아를 비난한다.

〈한여름 밤의 꿈(A Midsummer Night's Dream)〉은 미로 같은 연극이다. 직조공 출신의 배우인 보텀은 우스꽝스러운 미노타우로스 같은 존재로, 그의 주변에서는 아테네에 사는 네 명의 연인들이 '이리저리' 끌려 다니다가 '눈멀게도' 숲속에서 길을 잃는다. 그리고 그들이 잠든 사이에 각자 애정을 쏟던 대상이 엉뚱하게 뒤바뀐다.

라이샌더의 말처럼 "진정한 사랑이 순탄한 법이 없다".

눈에 보이는 것은 전부 실제와 다르고 익숙한 질서는 뒤집힌다. 심지어 티타니아 여왕도 "무성한 숲속의 기묘한 미로조차 그 길로 다니는 사람이 없어 이제는 알아볼 수 없는 상태가 되었다"고 목소리를 높였다.

183

티타니아의 '기이한 미로'는 한때 영국의 마을 중심부에 설치된 연극용 광장에서 훈하게 볼 수 있었던 잔디 미로다. 훔을 파서 만드는 형식으로, 위로 솟아오른 풀길이 나 잔디 벽 사이에 움푹 가라앉은 훔길은 지금도 영국 곳곳에 남아 있다.

영국에는 고대에 만들어진 잔디 미로가 여덟 곳에 남아 있고 독일과 스칸디나비아에서도 그런 미로를 몇 곳 더는 찾을 수 있다. 영국에서 가장 큰 잔디 미로는 세프런 월든의 마을 공원에 있다. 미로의 디자인은 둥그런 미로 바깥쪽 사방에 돌출부 또는 '보루' 네 개가 붙어 있는 형태다. 과거에는 중심부 언덕에 물푸레나무가 서 있었지만 1823년 가이 포크스의 날(모닥불의 밤)에 불타버렸다.

전통적으로 잔디 미로는 연인들을 위한 만남의 장소였다. 예를 들어 세프런 월든 미로에 언급한 18세기 기록에 따르면 "마을 젊은이들이 주로 이용했다. 젊은 처녀

1985년 존 크래프트(John Kraft)는 여든 살인 핀란드 여섯이 어린 시절에 이와 비슷한 미로 게임을 했다며 회상하는 인터뷰를 녹음했다.

"한 소녀가 미로 중심부에서 기다리고 있으면 소년은 있는 힘을 다해서 그녀에게 다가갔지요. 만약 그가 별 탈 없이 그녀에게 도착했다면 이번엔 그녀를 데리고 똑같은 길을 따라 미궁에서 나가야 하죠. 그곳까지 성공하면 소녀는 소년과 복잡하게 뒤얽힌 미로를 지나 그곳을 이룬 얼음벽 뒤편에는 지하감옥이 있는데 괴물들 틈에서 소녀가 기다린다."

가 '춤'이라고 불리는 중심부에서 기다리고 있으면 청년 은 머뭇거리는 일 없이 미로 통과 신기록이라도 세우듯 서둘러서 그녀에게 다가가려고 안간힘을 썼다"고 한다.

그는 그렇게 한창 무르익은 파티의 풍경을 상상해갔다.

주거니 받거니 두 사람의 대화를 번갈아 연기하면서 그는 설명을 이어나갔다. "당신과 신시아가 그쪽으로 가서 작은 벤치에 앉고 나면 당신이 신시아의 무릎을 슬쩍 쓰다듬는 겁니다."

"그건 매우 짜릿하기도 하고 동시에 매우 재미없고 안전하기도 하죠. 언제든 친구가 모퉁이를 돌아 나타날 수 있거든요.

'여어! 여기 있었군! 그래, 자네가 신시아에게 눈길을 보낼 줄 알았어. 오우, 숙녀분, 슬금슬금 다가오는 저놈의 손가락을 조심해야 할 겁니다. 정말 재미있네요! 저 녀석이 당신 입술을 훔쳤나요? 응? 제가 상관할 일이 아니라고요?'"

"요점은", 에이드리언은 웃으며 말했다. "언제든 남들 눈에 띌 수 있기 때문에 무서운 일은 일어나지 않는다는 겁니다. 하지만 남들이 못 볼 가능성도 있죠. 겁날 정도로 로맨틱한 장소이지 않습니까."

미로는 방탕한 활동이 벌어지는 장소이기도 하다.

조반니 마리오티의 말에 따르면, 한때 비엔나의 쉬브룬 궁전에 있었던 미로는 '군인과 하녀, 장교와 귀부인, 매춘부와 신사'가 밤낮으로 만나는 장소가 되는 바람에 철거되었다고 한다. 마찬가지로 18세기에 스트라 인근의 빌라 피사니에서 열린 난잡한 파티에서는 눈을 가린 여성이 중앙 탑 꼭대기에 서서 자신에게 다가오는 첫 번째 남자에게 몸을 맡겼다.

"신시아, 그럼 울타리 미로를 본 적이 있나요?"

"네, 거길 지나 왔어요."

"그렇군요. 구석에 되게 재밌는 작은 정자가 있는데 혹시 전에도 그런 걸 본 적이 있는지요?"

"아니요."

"보여드릴까요? 진짜 신기하거든요."

에이드리언 피셔는 내게 자신이 제작한 미로를 안내하다 말고 혼자서 이인극을 하기 시작했다. 이미 자기 미로가 '파티 머신'이라고 말한

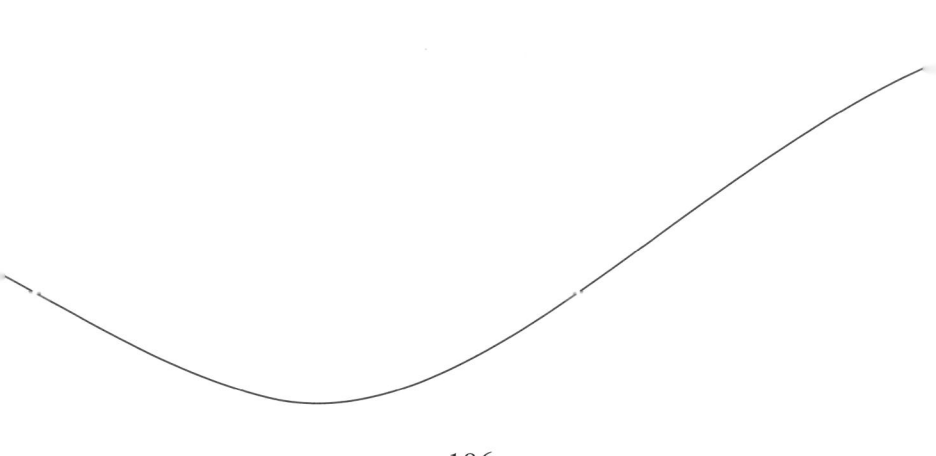

그렉 브라이트의 그림을 전시했던 시내의 한 갤러리를 통해 요크 세인트 존 대학의 한 교수와 연락이 닿았다.

"최근에 미술품을 가져오려고 그렉을 방문했어요. … 난 그가 지금 사는 집으로 이사한 지 17년 만에 처음으로 그 집 문턱을 넘은 사람이 됐습니다." 교수가 이렇게 말했다.

그는 그렉이 예전에 활동했던 실험적인 록 밴드 사일런트 시스터(Silent Sister)의 기타리스트였는데 지금까지 그렉과 계속 연락을 주고받고 있었다. 그렉이 날 만나줄 것 같으냐고 물어봤다. "그럴 가능성은 거의 없을 것 같군요. 첫째, 그렉은 현재 지독할 정도의 은둔 생활을 하고 있고 둘째, 미로를 싫어하거든요."

교수가 그날 늦게 내게 메일을 보냈다. "방금 그렉과 한참 전화로 얘기를 나눴습니다. 우려했던 대로 그는 당신의 제안을 정중하게 거절했어요. 그러면서 자기는 미로를 싫어하는 게 아니라 미로가 불러일으키는 관심과 그로 인해 자기에게 쏠리는 관심을 싫어한다는 사실을 명확히 전해달라고 하더군요. 현재로선 그렉을 이끌어낼 그 어떤 것도 없을 것 같습니다."

그래도 찢어요.

미로, 길을 잃은 너는 기억을

마다 어울리는 방식을 찾아 자유롭게 쓰고자 했습니다. 하나의 영식에 구애받을 필요가 없으니 구성이 파격적이면서 다채롭지요."

그렇군. 어떤 작업을 하든 스스로에게 제약을 가한다.

"구차이 없으면 구차에서 비롯되는 긴장도 생기지 않으니까요. 요컨대 한쪽이 다른 쪽만큼 괜찮다면 둘의 우위를 따질 필요가 없게 돼요. 까다로운 제약들을 둔 채 고심하다 보면 그 한계 안에서 무언가 해결책을 떠올리게 되거든요."

"꼭 비혼의 결혼." 그는 머릿속에 떠올린 바흐의 무반주 바이올린을 위한 소나타와 파르티타를 곱씹으며 말했다. "바흐야말로 규칙을 넘어서 음악 그 자체로 해방된 인물이었다.

191

나는 바다로 향하는 기차에 올랐다가 다시 지선으로 갈아탄 뒤 마침내 가파른 언덕을 올라 주택들이 듬성게 모여 있는 곳까지 걸어갔다. 주택 입구는 도로보다 아래쪽에 위치해서 고철 더미와 부서진 자동차 세 시 뒤에 가려지는 바람에 거의 보이지 않았다. 그 집은 흙담으로 된 담벼락과 플라타너스 나무, 낮은 벽돌담을 넘어 도로에까지 손아져 나온 담쟁이덩굴로 가득한 정원에 가둬져 있었다. 덤불을 연상시키는 좁은 길을 내려가 뻗을 눌렀다.

미로의 왕이 뻗을 열었다.

이제 예순 살인 그는 훌쩍한 키에 얼굴이 길고 코가 우뚝한 사람이었다. 그는 가느다란 마리카들 어깨 아래까지 길렀고, 현색 짓의 셔츠 위에 찢어진 검은색 가족 제킷을 걸친 차림이었다.

그때 난 브리스틀의 부두 옆 카페에서 그림의 친구인 교수를 설득히 설득한 끝에 한 번 만나봤지는 그림의 답을 얻어냈었다.

그렇게 그림의 집에 초대받은 나는 그와 함께 오후 한나절을 보냈다. 그림은 자신의 새로운 그림 기법을 설명하기도 하고, 라브리스라는 반(半)자전적인 인물이 등장하는 방대한 단편소설을 쓰고 있다면서 그중 일부를 보여주기도 했다. '단편소설의 특징상 각 단편소설집은 그 특징상 각 단편

자유

낙소스에서 아테네로 돌아가는 길에 테세우스와 동료들은 아폴론의 탄생지인 신성한 섬 델로스에 도착했다.

그들은 신에게 제물을 바치고 춤을 추기 시작했다.

그들은 경외하기 위해 춤을 추고, 감사하기 위해 춤을 추고, 기쁨과 슬픔을 위해 춤을 추고, 용서를 위해 춤을 추고, 춤을 위해 춤을 추고, 자유를 위해 춤을 췄다. 그들의 춤은 무아지경이고, 자아에 대한 해방이며, 서로에 대한 유대감의 표현이기도 했다.

질 퍼스(Jill Purce)는 《신비로운 나선(The Mystic Spiral)》에서 이렇게 말했다. "미궁의 본질은 외적인 형태, 즉 미궁의 윤곽을 이루는 돌과 울타리가 아니라 그것이 일으키는 움직임에 있다. 춤이 나선형이나 만다라가 떠오르는 움직임은 미궁보다 먼저 만들어졌다."

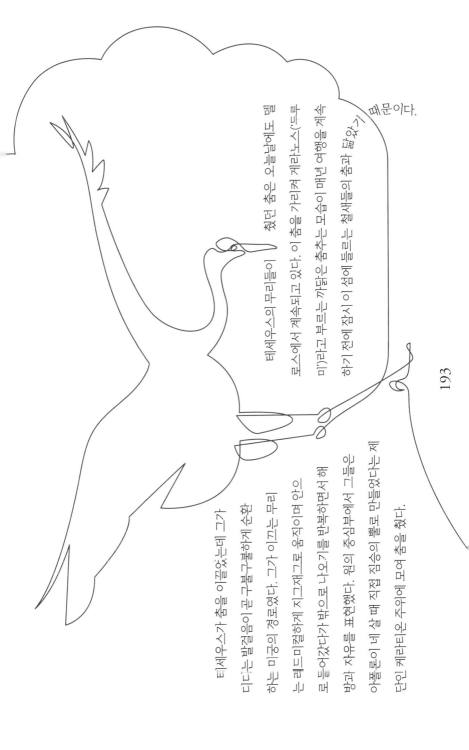

테세우스가 춤을 이끌었는데 그가 디디는 발걸음이 큰 구불구불하게 순환하는 미궁의 경로였다. 그가 이끄는 무리는 테드미컬하게 지그재그로 움직이며 안으로 들어갔다가 바깥으로 나오기를 반복하면서 해방과 자유를 표현했다. 원의 중심부에서 그들은 아폴론이 네 살 때 직접 짐승의 뿔로 만들었다는 저 단인 케라티온 주위에 모여 춤을 췄다.

테세우스의 무리들이 췄던 춤은 오늘날에도 델로스에서 계속되고 있다. 이 춤을 가리켜 게라노스('두루미')라고 부르는 까닭은 춤추는 모습이 매년 여행을 계속하기 전에 잠시 이 섬에 들르는 철새들의 춤과 닮았기 때문이다.

"실수를 저지르지 않는다면", 괴테의 희곡 《파우스트(Faust)》에서 악마 메피스토펠레스는 이렇게 말을 이었다. "그 무엇도 진정으로 알 수 없다."

미로, 독일어로는 'irrgärten'이라고 부르는 미로의 즐거움은 길을 잃는 데 있는 것이 아니라 길을 잃고 난 다음 길을 찾는 데 있다. 미로에 몸을 맡기면 올바른 길을 찾아야 한다는 걱정이 사라지고 해방감과 행복감이 찾아든다.

"우리는 길을 잃고 나서야, 세상을 상실하고 나서야 비로소 자신을 찾게 되면서 우리가 지금 서 있는 지점과 우리가 맺는 관계의 무한한 범위를 깨닫기 시작한다." 헨리 데이비드 소로(Henry David Thoreau)는 《월든(Walden)》에서 이렇게 말했다.

우리는 길을 잃음으로써 자신에 대해 보다 잘 알게 된다. 그 과정은 간단하지 않다. 무엇인가를 내려놓는 과정에는 실수, 두려움, 자기 인식을 통한 육체적·정신적 여정이 수반된다. 카를 융(Carl Jung)은 "전일성에 이르는 올바른 길은 불행히도 숙명적으로 에워갈 수밖에 없는 길과 잘못 든 길로 이뤄져 있다"고 했다. "그것은 가장 긴 길(longissima via)로서 곧은 길이 아니라 뱀과 같은 길이며 … 이 미궁의 구불구불한 길에는 공포가 가득하다."

그들은 아테네에 가까워지고 있었다. 테세우스는 수평선 너머로 아테네가 보이자 크레타에서부터 타고 온 배의 뱃머리에 섰다. 영웅의 귀환이다. 그는 미궁을 파훼하고 미노타우로스를 죽였으며 그의 백성들을 제물이 되는 처지로부터 해방시켰다. 그의 가슴은 집에 돌아왔다는 기쁨으로 한껏 들떠 있었다.

그의 눈에 도시 위에 우뚝 솟은 아크로폴리스와 왕궁이 들어왔다. 테세우스는 환희로 벅차올라 배의 속도를 높이라고 재촉하면서 자신과 해안 사이가 어서 맞닿기를 바랐다.

그가 떠난 지 꽤 지난 것 같다. 사실 반년이 채 안 되는 기간이었지만 그사이에 그는 소년에서 아버지의 뒤를 이을 만한 아들, 제대로 된 왕의 후계자로 성장했다.

마침내 팔레룸 항구에 도착한 그들은 기대와는 다르게 환대하는 군중 대신 가슴을 치며 통곡하고 애도하는 이들을 만났다.

왕이 승하했다.

196

테세우스는 그제야 아이게우스와 맺었던 약속을 떠올렸다. 머리 위에서 펄럭이는 검은색 돛을 올려다본 테세우스의 마음속에 아크로폴리스에서 애타게 아들을 기다리고 있는 아버지의 모습이 떠올랐다. 오늘 그의 기다림은 드디어 끝났다.

아이게우스는 돛의 색을 확인한 다음 절벽에서 몸을 던졌다. 그는 낙석처럼 떨어져 거품이 이는 파도에 부딪혔다. 오늘날에도 그가 몸을 던진 에게 해에는 그의 이름이 남아 있다.

테세우스는 입이 바짝 마른 상태로 배에서 내렸다. 그는 아테네의 새로운 왕이 되었지만 머릿속에는 자신의 망각과, 낙소스의 얕은 물가에 서 있던 모욕당한 여사제가 이르게 되잖은 복수에 대한 생각만이 가득했다.

다이달로스는 날아다니는 새들을 보면서 그들이 어떻게 비행을 이
용하는지, 어떻게 몸을 기울이고 방향전환을 하느니 어떻게 비행을 이
무스가 책상다리를 하고 앉아 이들을 음미해갔다. 이가
는 작업에 몰두했다. 낮에는 가죽 끈을 이용해 다이달로스
사나흘 새의 부들 끌을 이용해 다음 저녁에는 새들 잡았다. 그렇게
마음을 모았다.

그리고 긴밤, 우연한 나무, 노끈, 밀랍 등의 재료를 모아놓았다. 그가
몰래 저장해놓은 물품들은 미끄이 건설되던 이래 누구의 손도 타지 않
그 대로 방치해두고 있었다.

다이달로스가 임하는 동안 이카루스는 그 주위에서 놀면서 기밀
을 공중으로 던졌다가 팔랑팔랑 떨어지는 모습을 보면서 웃기도 하
고, 밀랍 덩어리를 불때 가져가 따끈해질 정도로 주무르며 가지고
놀기도 했다.

크레타의 미노스는 테세우스의 탈출과 딸의 실종에 책임이 있는 자가 누구인지를 알고 있었다. 그의 비밀을 아는 자는 오직 한 사람뿐이다. 미로를 만든 사람, 미로의 비밀을 아는 자가 아버지인 자기 딸의 실종에 책임이 있는 자가 누구인지를 알고 있었다. 미로를 만든 사람, 미궁을 만든 사람, 미노스는 다이달로스를 그의 아들 이카루스와 함께 미궁에 던져 넣었다. 자신이 만든 미궁에 갇힌 장인은 더 이상 외부인도, 관찰자도, 예술가도 아니었다.

그러나 그의 미로(迷路)는 진작 빠르게 둘아가고 있었다. 일부가 하늘을 향해 열려 있다는 것을 알고 있었다. 그는 어린 이카루스의 손을 잡고선 하늘이 보이고 신선한 공기를 마실 수 있는 곳으로 데려갔다.

아빠지와 아들은 거리를 두고 나란히 섰다. 그리고 웅크리고 앉았
다가 크게 떨쳐 일어나며 함께 하공으로 몸을 던졌다. 그들의 몸이
홍분과 전율을 뒤로 하고 하늘로 떠올랐다. 이들은 지상을 벗어난
최초의 인간이 되었다.

새처럼 하늘을 날게 된 그들은 신이 굽어보듯 위에서 마음을 내
려다봤다.

다이달로스가 완성한 작품은 끈과 밀랍으로 두 군데에 고정시켜 놓은 깃털들이 부드러운 곡선으로 늘어서 있는 형태였다.

그는 먼저 자기 몸에 날개를 단 다음 이카루스가 이어서 착용하는 것을 도와줬다.

그는 아들의 어깨에 손을 얹고 당부했다. "하늘과 땅의 중간 지점에서 날아야 한다. 너무 높이 올라가면 안 돼. 불이 날개를 태워버릴 테니까. 너무 낮게 급강하해서도 안 된단다. 깃털이 바닷물에 젖을 거야." 다이달로스는 떨리는 눈길로 이카루스의 땀든 얼굴을 바라보면서 자기 말이 제대로 전달되었는지를 확인했다.

하늘 높이 오른 그들에게 처음에는 섬 전체가 물에 둘러싸인 모습
이 보였고, 이어서 아주 작은 사람과 배와 마을이 눈에 들어왔다. 수
면 아래에는 검은 물고기 떼가 비치고, 저 멀리 사원에서 피어오르는
연기도 보였다. 그들 왼쪽으로 파로스 섬과 멜로스 섬을 지나 그다음
에는 레빈토스 섬과 꿀로 유명한 칼림네 섬도 지나갔다. 오른쪽으로
사모스 섬을 지날 무렵 이카루스가 웃으면서 더 높이 올라간다.

어부, 쟁기질하던 농부, 양치기들은 고개를 들어 햇빛에 눈을 가린 채 신들을 바라본다.

처음에는 서툴게 비틀거렸지만 조금씩 날갯짓을 하는 데 익숙해
지고 공기의 흐름과 온난 기류를 읽는 방법을 이해하게 되면서 차
신과 또한 갈수록 붙어갔다. 그들은 바다를 가로지르는가 하면, 새
시간 또한 갈수록 붙어갔다. 그들은 바다를 가로지르는가 하면, 새
함께 찾은 자유에 즐겁게 웃으면서 공감하와 우레비행을 반복하며
서로를 외쳐 부르기도 했다.

문양 중 하나는 세 갈래 길로 이뤄진 미궁이다. 아니, 세 갈래로 이뤄진 미궁을 통과하는 길이라고 하는 편이 맞겠다. 이러한 미궁의 문양이 어떻게 남아메리카의 외딴 지역에까지 도달했는지는 알려져 있지 않다.

나스카 지상화는 너무 커서 지상에서는 제대로 볼 수 없다. 전체 모습을 조감하려면 심하게 요동치는 7인승 비행기에 올라 하늘에서 신들의 시선 으로 아래를 내려다봐야만 한다.

페루의 나스카 사람들이 믿는 신들은 특히 어마어마한 장관으로 그 흔적이 전해진다. 나스카 지상화는 안데스산맥 아래쪽, 바람이 불지 않는 고원지대를 440제곱킬로미터나 덮고 있다. 나스카 지상화는 건조한 팜파스에서 갈색으로 산화된 암석층을 긁어내 그 밑에 있는 옅은 색의 점토를 드러내는 방법으로 지면에 그려낸 선이다.

나스카 사람들은 기원전 500년~서기 500년 사이에 이 지상화를 만들었다. 그들은 평야를 가로질러 최대 14킬로미터 이상 뻗어나가는 완벽한 직선과 거대하고 복잡한 동물 형상을 그렸다. 대부분의 문양은 서로 겹친다거나 끊기지 않고 나선형이나 각진 형상으로 감기면서 이어지는 하나의 선으로 구성되어 있다.

이탈리아의 출판인 프랑코 마리아 리치(Franco Maria Ricci)는 2015년 파르마 외곽에 세계 최대 규모의 대나무 미로인 '파르마: 석공의 미로(Parma: Il Labirinto della Masone)'를 완공했다. 미로의 중심부에는 그의 미술품 컬렉션을 모아둔 박물관과 희귀 서적을 소장한 도서관이 있다. 수년 전 처음 이 프로젝트를 고민하던 당시 그는 친구인 호르헤 루이스 보르헤스와 함께 현장을 돌아보면서 미로의 규모가 얼마나 커질지에 대해 이야기했지만 보르헤스는 시큰둥해했다.

"보르헤스는 내 말에 반박하면서 세상에서 가장 큰 미궁은 이미 존재한다고 말했다. 그가 말한 미궁은 사막이었다."

보르헤스는 〈두 명의 왕과 두 개의 미로(The Two Kings and the Two Labyrinths)〉라는 단편소설에서 차를 타고 삼일이나 들어가야 하는 사막에 버려진 미궁 제작자를 상상한다. 그곳에는 "올라갈 계단도 없고, 억지로 밀고 들어갈 문도 없으며, 질리도록 돌아다닐 통로도 없고, 벽도 없다".

미로를 구성하는 제약들은 우리를 헤매게 하는 동시에 지혜를 발휘해 출구를 찾을 수 있도록 해주는 실마리도 함께 제공한다. 그러나 벽이 없는 미궁은 자유도가 너무 높기에 우리를 미치게 만들 것이다. 그런 생각을 하다 보면 사대양 해도를 자세히 살피면서 "해류와 소용돌이의 미로를 헤쳐 나가던" 에이허브 선장이 떠오른다.

보르헤스는 말했다. "이 세상이 하나의 길로 이루어진 우주일 뿐이라면 굳이 미궁을 만들 필요가 없다."

오늘날 세계에서 가장 많이 만들어지는 미로 형태 가운데 나스카 지상화처럼 위에서 내려다보는 것들이 가장 볼 만하다는 평가를 받는다

옥수수 미로는 옥수수밭 사이에 길을 내는 방식으로 만들어진다. 옥수수의 장점은 주목나무와 다르게 빨리 자란다는 것이다. 이 미로는 한 해 여름 동안만 개장하지만 그 짧은 기간에 매우 높은 수익을 올릴 수 있으며, 시즌이 끝난 후에는 작물을 수확하는 여느 밭으로 돌아간다.

에이드리언 피셔는 1993년에 펜실베이니아 주 앤빌에서 최초의 옥수수 미로를 디자인했다. 바로 같은 해에 개봉된 영화 〈쥬라기 공원(Jurassic Park)〉에서 영감을 받은 스테고사우루스 모양의 미로였다.

옥수수 미로에는 정교한 조형 디자인이 적용되는 경우가 많기 때문에, 멋진 항공사진을 찍거나 다양한 파생상품을 제작할 수 있는 기회가 뒤따라온다. 피셔는 이를 '마케팅 기계'라고 부른다.

피셔는 세계에서 가장 큰 옥수수 미로 부문에서 기네스 세계 기록을 여섯 차례나 갱신했는데, 이 정도면 '원예 분야의 아메리카컵'이라고 할 수 있다.

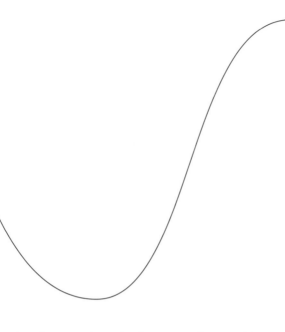

"두어 번 만난 적이 있지요." 에이드리언 피셔는 그렉 브라이트에 대한 질문을 받고 이렇게 답했다. "그는 이제까지 미로를 두어 개 정도만 만들었지만 롱리트에 세운 미로는 꽤 독창적이었습니다."

그러나 피셔는 그렉의 미로가 방문객들에게 특별한 경험을 안겨주기에는 여러모로 부족해 보인다고 평가했다. "롱리트의 미로에는 공간이 더 많이 필요합니다. 통로도 더 넓혀야 하고요. 다양한 것들을 경험할 수 있는 특별한 공간이 필요하죠."

1991년 피셔는 줄리언 반스(Julian Barnes)에게 이렇게 말했다. "미로가 한 시간 반 동안 계속 이어지는데 별로 재미가 없었습니다. 속도가 달라지지 않고 그대로 이어지거든요… 시장 수요를 완전히 무시하고 설계한 거죠."

실제로 에이드리언 피셔는 롱리트에 있는 그렉 브라이트의 미로를 '개선'하는 작업에 투입되었다. 그는 '길을 잃었을 때 보세요'라는 안내판을 설치해서 길을 찾는 데 도움이 되는 화살표를 그려놓는가 하면, 새로 설치된 다리를 건너 중심부의 탑에서 빨리 빠져나올 수 있게 해주는 출구도 만들었다.

롱리트의 부동산 관리자인 팀 벤틀리(Tim Bentley)는 처음부터 그에게 이런 변경안을 제시했지만 그렉은 별로 관심을 보이지 않았다. "그에게 미로를 통과하는 경험이란 고난이란 고통이었으며, 나아가 반드시 고통이어야만 했다"고 벤틀리는 회상했다.

"경박함은 심각한 정신적 피사 중세"라고 그렉은 말한다. "… 난 '재미와 게임'이라는 측면에 연연한 적이 없다."

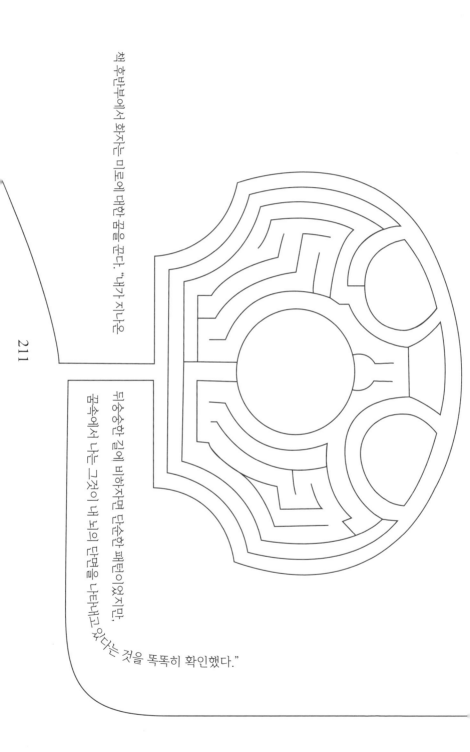

책 후반부에서 화자는 미로에 대한 꿈을 꾼다. "내가 지나온 뒤숭숭한 길에 비하자면 단순한 패턴이었지만, 꿈속에서 나는 그것이 내 뇌의 단면을 나타내고 있다는 것을 똑똑히 확인했다."

윌리엄 블레이크는 인간의 마음을 가리켜 "무한한 미궁"이라고 했다.

W. G. 제발트(W. G. Sebald)의 작품 《토성의 고리(Die Ringe des Saturn)》에서도 익명의 화자가 서머레이턴 홀 미로를 방문한다. 19세기에 만들어져 지금도 대중에게 개방되어 있는 이 주목나무 미로에는 넓은 자갈길, 우아한 곡선의 울타리, 중앙에 작은 탑이 놓인 둔덕이 있다. 미로의 난도는 이용자를 배려해 수월한 편이었지만 화자는 그곳에서 완전히 길을 잃는 다. 결국 화자는 막다른 골목으로 이어지는 입구마다 부초 뒤 엉킨 곳에 모래 바닥에 선을 긋는 방법을 써서 간신히 탈출할 수 있었다.

제발트의 소설에 나오는 순례길 분위기는 우울하고 음산하다. 서술자는 서퍽 해안을 표류하다가 불길한 문명의 잔해인 로스토프트의 부두, 사우스월드에 있는 세일러스 리딩 룸, 단위치의 사라져가는 마을 등과 마주한다. 중력에 묶인 채 우 주를 떠도는 달의 파편들처럼 그의 정신도 결국에는 불행하고 맘 자신의 운명을 좇아 여기저기를 방황한다. 서머레이턴 홀에 있는 두개골 모양의 미로는 이러한 그의 순례를 나타내는 축소판이다. 그의 내면은 어지러이 표류하고 있고, 미로와 같은 자신의 머릿속에 갇힌 채 막다른 길을 예감했다.

있었다.

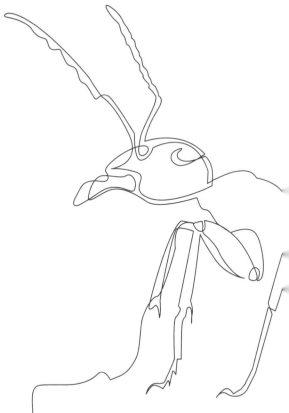

마이클 아일턴은 다이달로스가 쿠마에에 착륙하며 쓰러졌을 때 개미탑에 떨어졌다고 상상했다.

"개미 한 마리가 … 콧구멍을 통해 내 머릿속으로 들어왔고, 재채기에도 빠져나가지 않은 채 겁에 질려서 뇌 속으로 들어갔다. 나에게는 아무런 고통도 주지 않고 점막을 간지럽히며 들어간 개미는 내 머릿속에서 생각의 일부가 되었다."

우리의 뇌에는 끊임없이 형성과 해체를 반복하는 복잡한 신경망 시냅스로 연결된 최대 천억 개의 뉴런이 존재하고 있다. 전기적 자극이 개미처럼 이 광대한 네트워크를 돌아다닌다.

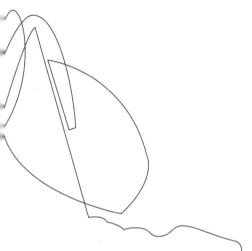

예를 들어, 길에서 스친 낯선 사람이 왜인지 낯익다는 생각이 들 때 우리 마음은 말 그대로 길을 잃은 것이다. 존스 홉킨스 대학 연구진은 스쳐 지나간 얼굴을 교차 확인하는 역할은 해마가 수행한다는 것을 증명했다. 이는 일련의 '검수' 또는 판단 연접을 촉발한다. 뇌는 확실한지 묻는다. '당신이 확신한다는 것을 확신하십니까?' 그리고 전기 신호가 잘못된 방향으로 자꾸 바뀌면, 낯선 이의 어리둥절한 얼굴을 확인하고 시스템이 중단되면서 당혹감을 느낄 때까지 우리는 미소를 지으면서 낯선 사람을 향해 손을 흔들게 된다.

그렉의 집 내부는 금욕주의적이었다. 그가 나를 뒷방으로 안내했다.

그는 벽 전체를 가득 채운 널찍한 도안을 가리키면서 "이게 내 미로 설계의 정점"이라고 말했다. 서로 얽히고 겹치면서 수백 개의 원형 교점으로 끝나는 경로가 커다란 원 모양을 그리고 있었다. 그것은 미로라면 미로라고 볼 수도 있지만 단지 그뿐이었다. 어디로도 이어지지 않은 채 바글대기만 하는 선들, 보이지 않는 무언가를 에두르듯 억지로 꺾은 우회로들, 제멋대로 돌거나 완전히 막혀버린 길이 포함된 나선형 '부분 밸브'로 가득 찬 투박하고 헐거운 디자인이었다. 그 설계도는 그렉이 '고스트 텔레포인트 미로'라고 불렀던 것의 세 번째 버전이었다.

그는 '트리스켈리온'이라고 불리는 가상의 삼중 나선에서 찾을 수 있는 네 개의 가중 그래프 간선을 비롯해 가시적인 경로가 '텔레포트'되는 교점인 '텔레포인트'를 포함하는 규칙 체계에 따라 설계도가 어떻게 구성되었는지를 설명했다. 그렉은 종이를 훑어보면서 "이제 이 설계도의 바탕이라 할 수 있는 처음의 경로로 되돌아가기엔 너무 멀리 갔습니다"라고 말했다. "그런 관점에서 볼 때 이 미로는 끝까지 풀리지 않는 수수께끼로 남아 있죠."

미로 속 경로는 원의 가장자리와 만나면 반대편으로 다시 나타났다.

"대중성을 고려하자면 심각한 문제가 있다"는 것을 그렉도 인정했다. "고스트 텔레포인트 미로의 네 번째 버전을 만들지 않는 이유 중 하나는 … 일반 대중이 고스트 텔레포인트 버전 1과 2의 차이점은 쉽게 알아차릴 수 있지만 버전 2와 3의 차이는 잘 모른다는 겁니다. … 그러니 3과 4, 또는 4와 5의 차이는 어떻겠습니까? 머지않아 대중이 볼 때에는 눈에 띄는 차이가 없게 될 텐데, 안타깝게도 날 제외한 모든 사람이 이 분야의 일반인입니다.

그래서 네 번째 버전을 만든다는 것은 말도 안 되는 미친 짓이라고 생각했습니다. 내 말은, 내가 하는 일들이 대부분 그렇지만, 이건

카프카의 단편소설 〈굴(The Burrow)〉에서는 오소리 비스름한 동물이 미궁 같은 방어 시설과 정교한 위장 출입구까지 갖춘 복잡한 굴을 직접 파서 만들었다.

굴속으로 들어간 그 동물은 점점 편집증에 빠지게 된다. 그는 포식자가 위장된 입구를 우연히 발견했다거나, 먹이를 품은 적이 그가 살고 있는 가장 안쪽 방을 향해 땅속 깊은 굴을 파고들고 있다고 확신한다.

그는 침입자를 잡기 위해 굴 바깥쪽에 구불구불한 '작은 미로 같은 통로'를 만들었다. 그는 언제 이 외부 미궁의 디자인이 "이론적으로는 훌륭하다"고 인정했지만 이제는 '조잡한 함정'으로만 보여서 생각만 해도 괴로워진다.

"밖으로 나갈 때마다 육체적으로나 정신적으로나 이 미궁이 선사하는 성가신 문제들을 겪어야 했고, 가끔 내가 만든 미로에서 잠시 길을 잃을 때면 분노와 감동을 동시에 느꼈다."

217

윌리엄 쿠렐렉(William Kurelek)이라는 캐나다 출신 예술가는 평생을 정신질환에 시달렸다. 1953년 런던의 모즐리 병원에서 치료를 받는 동안 그는 〈미로(The Maze)〉라는 그림을 그렸는데, 이 작품은 현재 베키념에 있는 베들렘 마음 미술관(Bethlem Museum of the Mind)에 전시되어 있다.

그림을 보면 어떤 남성이 갈라진 두개골 단면이 나오는데, 두개골에는 경첩이 달려 있어 다른 쪽 단면이 앞쪽으로 열려 있다. 열려 있는 두개골 속에는 서로 연결된 방들이 있으며, 가운데 방에는 쥐가 한 마리 도사리고 있다.

"가운데 구멍에 웅크리고 있는 쥐는 제 정신을 상징합니다"라고 쿠렐렉은 설명했다. "쥐는 이 불행한 생각의 미로에서 탈출할 희망도 없이 오랫동안 통로만 맴돌면서 생긴 좌절감 때문에 몸을 웅크리고 있는 거죠."

다큐멘터리 영상에 등장하는 쿠벨렉이 주치의 중 한 명은 "그는 정말이지 제대로 길을 잃은 것처럼 보였습니다. 나는 그 사람만큼 길을 잃은 이를 본 적이 없습니다"라고 말한다.

1971년 상태가 호전되어 병원에서 퇴원한 쿠벨렉은 베커넘에 함께 전시되어 있는 작품인 〈미로에서 벗어나(Out of the Maze)〉를 그렸다. 〈미로〉의 폐소공포증을 연상시키는 방들은 유순한 소 몇 마리가 풀을 뜯고 빨간 자동차 한 대가 지나가는 조용한 연못 근처의 들판에서 가족들이 소풍을 즐기는 탁 트인 풍경으로 바뀌었다.

하지만 그림을 자세히 살펴보면 미로의 해골이 여전히 조개진 채로 왼쪽 아래 풀밭

(상단 여백, 거꾸로 된 글) 서 엉켜있기 때문에 성장이 막혀 방향을 알 수 없는 높이에 놓인 룸같이 안정되고 있다.

영화사에서 광기를 가장 상징적으로 표현한 장면 중 하나가 스탠리 큐브릭(Stanley Kubrick) 감독이 각색한 〈샤이닝(The Shining)〉에 나온다.

웬디와 대니는 오버룩 미로(Overlook Maze)를 탐험한다. 그들은 모퉁이를 돌아 막다른 길을 이리저리 돌아다니면서 원근감이 도드라지는 통로를 지나간다. 이어서 영화는 오버룩 호텔(Overlook Hotel)에서 미로의 모형을 향해 몸을 굽히고 서 있는 잭의 모습을 보여준다.

잭이 미로의 모형을 살펴보는 동안 카메라가 전환되면서 관객들은 화면을 꽉 채우는 엄청나게 복잡한 진짜 미로를 위에서 내려다보게 된다. 불길한 음악이 흐르면서 카메라는 대니와 웬디가 미로 중심부에 도착하는 모습을 멀리서 잡는다.

"미로가 이렇게 클 줄은 몰랐어. 그렇지?" 웬디가 묻는다.

오버룩 호텔과, 카펫의 복잡한 무늬와, 그 카펫이 깔린 미로 같은 호텔의 복도는 잭의 타들어가는 마음을 상징한다. "이곳 전체가 거대한 미로네." 웬디가 주변을 둘러보더니 이렇게 말한다.

호텔은 아메리카 원주민의 무덤 위에 세워진 이래 아버지 손에 참혹하게 살해된 그래디 쌍둥이의 유령에 이르기까지 벽 안에 수많은 영혼들을 가둬두고 있었다.

오버룩 안에서 길을 잃은 잭은 소리를 지르며 울타리 미로를 돌아다니다가 다짜고짜 자기 아들을 죽이려고 든다.

파이드라는 자신의 의붓아들인 잘생긴 히폴리토스에게 관심을 갖게 되었고, 이러한 관심은 곧 욕망으로 변했다. 그녀 또한 자신의 어머니처럼 불온한 정욕에 사로잡힌 것이다. 어느 날 밤, 파이드라는 아픈 척을 하더니 자신의 침대 옆에서 시중을 들어달라며 히폴리토스를 불러들였다. 히폴리토스가 찾아오자 파이드라는 그에게 자기와 동침하자고 애원했다.

충격을 받은 히폴리토스가 도망치자 테세우스의 분노를 두려워한 파이드라는 재빨리 행동에 나섰다. 자기 옷을 찢은 다음 방문을 활짝 열어젖히면서 히폴리토스가 근친 강간을 시도했다고 모함한 것이다. 테세우스는 그녀의 말을 믿고 포세이돈에게 아들을 벌해달라고 기도했다.

삶을 험하게 끌려 다니다가 목숨을 잃었다.

히폴리토스가 전차를 몰아 해변을 달리고 있던 차였다. 갑자기 눈부신 하얀 황소 한 마리가 파도를 가르며 전차 앞으로 빠르게 다가오자 말들이 놀라 날뛰었다. 그 바람에 전차가 뒤집어졌지만 고삐를 놓을 수 없었던 히폴리토스는 울퉁불퉁한 길에서 사납게 내달리는 아테네의 왕이 된 테세우스는 아테네의 도시 국가들을 통합했다.

델로스에서 황홀경에 빠져 군중들과 췄던 춤은 그에게 대의를 공유하는 대중의 힘을 확인시켜줬고, 이에 영향을 받은 그는 세계 최초의 민주주의 국가를 만들기 시작했다.

그는 도시들을 돌아다니면서 모든 지도자들에게 뜻을 함께하자고 설득했다. 자신은 전시에만 통수권을 행사할 것이며, 평소에는 중앙의회에서 법의 수호사가 되겠다고 약속했다. 4년마다 파나테나이아제를 개최하도록 했고, 디오니소스와 아리아드네를 기리기 위한 포도나무 축제도 만들었다. 크레타와의 평화를 보장하기 위해 아리아드네의 동생 파이드라와 결혼했지만 그의 진정한 사랑은 아마존의 여왕 히폴리테를 추모하는 데 바쳐졌다. 그는 아들의 이름을 그녀의 이름을 따서 히폴리토스라고 지었다.

테세우스는 필생의 사업이 거의 완성되었다고 느꼈을 것이다. 하지만 운명의 바퀴는 그의 뜻대로 돌아가지 않았다.

니는 그에게 작별 인사를 했고 그는 불투명한 유리
문을 닫았다. 문에 비친 그의 흐릿한 모습이 복도 저편으
로 사라지자 나는 다시 명골이 그득한 정원으로 발을 돌
렸다.

앙드레 지드(André Gide)의 중편소설 〈테제(Thésée)〉
에서 다이달로스는 자신이 가진 최고의 비결을 다음과
같이 밝혔다.

"누군가를 미궁에 가두는 가장 좋은 방법은 그가 떠
날 수 없게 붙드는 것이 아니라 …바로 떠나고
싶지 않게 만드는 것이다."

실재에 대한 인식은 우리 앞의 벽에 드리워진 그림자를 바탕으로 한다. 플라톤은 동굴 밖으로 탈출해서 가파르고 험난한 오르막길을 올라 햇빛 속으로 나아가는 것이 철학자의 역할이라고 말한다. 그곳에서 자신의 눈이 빛에 익숙해지면 철학자는 진리와 실재적 본질을 인식하게 될 것이다.

그러나 지식인으로는 충분하지 않다. 철학자는 동굴 안으로 동료들을 해방시키고 싶어 할 것이다. 다만 그가 동굴로 들어온다고 해도, 어둠 속에서는 잘 볼 수가 없다. 플라톤은 '태양을 찾아갔다가 시력을 잃은 사람에 대한 농담이 많다'고 썼다. 동굴 속으로 돌아간 철학자가 누구든 일깨우려고 하다가 발각되면 평평한 동굴 속 사람들이 그를 처형할 것이다.

미로를 떠나는 것은 위험하다. 어쩌면 위험을 무릅쓰면서 미로 벽 바깥으로 나가는 것보다 익숙한 통로로 돌아가 미로 안에 머무르는 편이 더 안전할지도 모르겠다.

미로에 대해서도 똑같은 질문을 던질 수 있다. 미궁과 미로는 시간의 흐름에 따라 형태가 변화하는 과정을 거치면서, 그리고 우리가 미로를 두고 나눴던 무수한 사연들을 지나면서 언제까지 원래의 의미를 지속시킬 수 있을까?

모든 예술 작품이 그렇듯이 미로도 주고받는 대화, 즉 제작자의 전시와 이용자의 반응으로 이뤄진다. 미로는 접할 때마다 그 감상이 달라지지만, 그럼에도 언제나 거울 같은 역할을 한다. 미로에서 나올 때는 자신에 대해 전보다 더 잘 알게 된다.

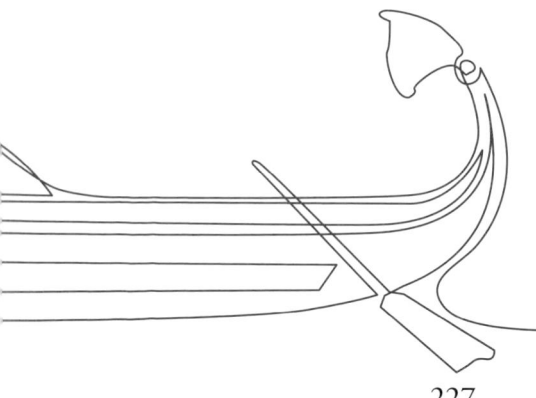

입구

검은 돛을 단 테세우스의 배는 그가 죽은 뒤에도 오랫동안 팔레룸 항구에 남아 있었다. 판자가 오래 되어 썩으면 그때그때 새것으로 교체했다. 돛에 곰팡이가 피면 새로운 돛을 달았다. 밧줄이 삭아 끊어지면 새 줄을 추가했다. 이렇게 배 전체의 부품이 조금씩 교체되어 어느덧 원래의 것이 하나도 남지 않게 되자 이제 이 배는 우리에게 역설적인 질문은 제시한다. 이 배는 테세우스가 크레타 섬에서 돌아올 때 탔던 배와 같은 배인가, 아니면 다른 배인가?

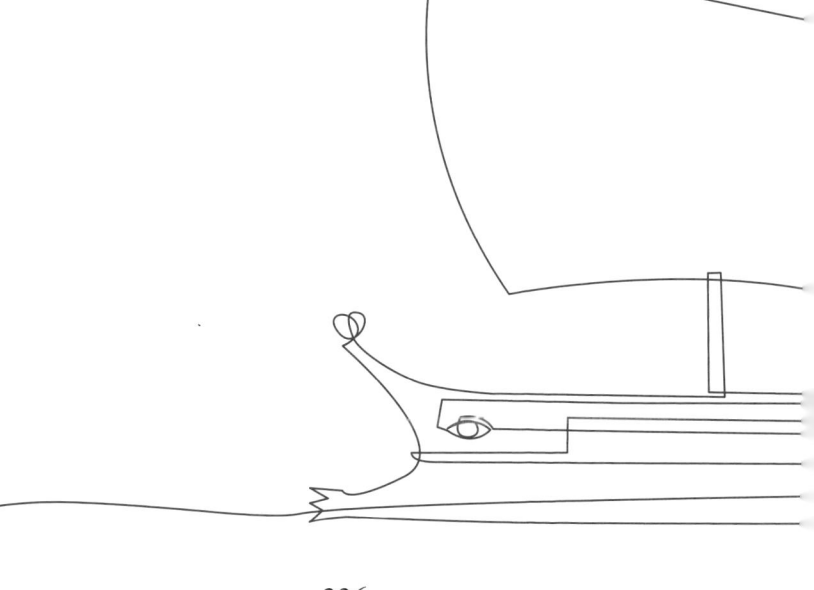

젊은 시절의 다이달로스는 아테네에서 조카 탈로스를 견습생으로 뒀다. 기술적인 수준이야 다이달로스보다는 아직 부족했지만 탈로스의 파릇파릇한 정신에서는 아이디어가 샘솟았고, 견습생의 창의력이 불꽃을 뿜을 때마다 다이달로스의 마음속에서는 질투심이 피어올랐다.

물고기 턱뼈를 만지작거리던 탈로스가 그것을 컴퍼스로 활용할 수 있다는 사실을 알아낸 다음 완벽한 원을 그릴 수 있는 최초의 도구를 발명했다. 그것을 본 다이달로스의 가슴속에는 시기심의 폭풍이 몰아치면서 이성의 끈이 끊어졌다. 결국 그는 아테네 아크로폴리스에서 조카를 떠밀었고 어린 탈로스는 굴러 떨어지는 돌처럼 바람을 뚫고 들쭉날쭉한 바위가 가득한 바다 속으로 사라졌다.

혹자의 말에 따르면 신들이 탈로스를 불쌍히 여겨서 바위에 부딪히기 직전에 그를 자고새로 만들었다고 한다.

베르길리우스는 다이달로스가 쿠마에 청동문의 마지막 장식판을 제작할 수 없었다고 말한다. 그는 이카루스의 추락을 묘사하기 위해 한두 번 공구를 들어 올렸지만 그의 손은 자꾸만 힘없이 제자리로 내려왔다. 아들의 죽음에 대한 기억도 물론 괴로웠겠지만 동시에 그는 업보에서 비롯된 역설의 쓴맛을 느끼고 있었을지도 모른다.

에섹스의 해드스톡 교회 마당에는 마이클 아일턴이 묻혀 있다. 그의 묘비에 새겨진 비문은 그가 아크빌에 만들어놓은 미로를 삼차원 형태로 본뜬 것이다.

그는 《미로 제작자》에서 이렇게 말했다.

"인생이라는 거대한 미로 안에는 작은 미로들이 많은데, 각각은 그 자체로 완전한 것처럼 보인다. 그리고 각 미로를 통과하는 동안 사람은 부분적으로 죽는다. 작은 미로들을 통과할 때마다 자기 삶의 일부를 그곳에 남기게 되는데, 그 일부분은 죽은 채로 미로에 남게 되기 때문이다. 그렇게 작은 미로들이 모인 거대한 미로의 중심부가 자유로 향하는 길처럼 보이는 것이 바로 미궁의 역설이다."

다이달로스는 살인범으로 붙잡히기 전에 아테네에서 도망쳤고, 이후 외국을 떠돌아다니면서 탈로스의 발명품을 자신이 만들었다고 주장했다

시간이 지나 사람들 기억에서 완전하게 잊혔다고 생각한 그는 미노스 왕실의 후원을 받게 되었고, 훗날 운명의 이중 나선이 다시 감기기 시작할 때까지 그곳에서 지냈다.

마침내 나는 둥그렇게 열린 자리를 통해
하늘이 품은 아름다운 것들을 보았으니,
우리는 별을 다시 보기 위해 나왔음이라.
　　　　　　　　　　　—단테

감사의 말

이 책의 구불구불한 길을 안내할 수 있도록 많은 분들께서 아낌없는 도움을 주셨다. 누구보다 감사를 전하고 싶은 사람은 톰 킹슬리다. 그와 함께 삼 주간 차를 몰고 이 미로, 저 미로를 찾아다니면서 여러 미로 제작자들을 만났다. 언제나 그렇듯이 톰은 아이디어와 격려의 샘물 같은 역할을 계속 해줬다. 우리는 언젠가 우리만의 미로를 만들 계획을 세워뒀다. 이 여행에 함께했던 패트릭 킹슬리와 매트 로이드-로즈, 그리고 롱리트의 배스 경, 스탠 베켄셀, 팀 벤틀리, 그렉 브라이트, 길 브라운, 클러리사 코크런, 마이클 이비스, 에이드리언 피셔와 에이드리언 피셔 주식회사, 린제이 헤이즈, 시몬즈 야트, 저스틴 홉킨스, 그레이엄 킹, 마법 박물관, 프루던스 존스, 게리 피터스, 제프 사와르드, 라비린토스, 얀 셀러스, 팻 웰치, 바버라 윌콕스, 새프런 월든 미로 페스티벌 팀 등 귀중한 시간을 내서 우리와 대화를 나눠준 모든 분들께 감사드린다.

게다가 하나의 선으로만 그림을 그리는 천재 예술가, 최소한의 잉크만 사용해서 이미지의 본질을 포착하는 '퀴베' 크리스토프 루이와 협업하는 기쁨을 누렸다. 그리고 이 특별한 형태의 책을 디자인한 유명 디자이너 짐 스토더트는 페이지 방향을 계속 바꿔가면서 고전적인 미로의 꺾이고 휘어지는 길을 재현해냈다(19쪽 참조). 파티큘러북스의 완벽하고 인내심 많은 편집자인 세실리아 스타인과 헬렌 콘퍼드, 예리한 눈을 지닌 레베카 리, 엠마 호턴, 킷 셰퍼드, 홍보와 마케팅 능력을 발휘해준 에티 이스트우드와 줄리 운에게도 깊은 감사를 전한다. 나의 탁월한 에이전트 패트릭 월시는 언제나처럼 처음부터 조언과 열정을 아끼지 않았고 존 애시의 능숙한 지원도 많은 힘이 됐다.

특히 끊임없는 지지를 보내주는 세 친구, 매트 로이드-로즈와 에드 포스넷, 앤디 윔부시에게는 너무나 무거운 마음의 빚을 졌다. 쥐라에서 길게 나눴던 논의들과 그 이후 보내준 격려들에 감사드린다. 겨울날 함께 산책하며 쥐에 대해 얘기를 나눴던 벤 테일러에게도 각별한 고마움을 전한다. 한동안 계속되는 미로 얘기를 참아준 부모님과 동생 조지 나에게도 감사할 따름이다. 내가 미로에 집착하게 된 계기는 우리 가족이 일요일마다 갔던 윈체스터 인근 세인트 캐서린 힐의 잔디 미로 때문인 것 같다. 그리고 이 즐겁고 재미있고 놀라운 미로의 세계에 나와 함께 빠져든 조지에게 감사를 드린다.

마지막으로 감사 인사를 드려야 하는 분이 있다. 미로와 미궁에 관한 최고의 사유를 우리에게 들려준 아르헨티나의 사서, 눈을 감고 세상을 본 호르헤 루이스 보르헤스에게 고마움을 전한다. 그는 이 세상을 미궁, 광대한 미궁의 미궁, '과거와 미래를 아우르고 어떤 식으로든 별을 포함하면서 구불구불하게 퍼져 나가는 하나의 미궁'으로 여겼다.

미로 목록

굵게 표시된 숫자는 해당 쪽수의 그림을 가리킨다.

수직 미로

가상의 미로

신화 속 미로

지은이 헨리 엘리엇(Henry Eliot)

어렸을 때 윈체스터 외곽의 세인트 캐서린 힐에 있는 고대 미로에서 자주 놀았다. 이후 문학이라는 미로에 빠져 지내다가 케임브리지 대학교에서 영문학을 전공했다. 펭귄 클래식의 크리에이티브 편집자로 5년간 일했으며, 지금은 영국 BBC의 퀴즈쇼 QI(Quite Inter-esting)의 작가로 활동하고 있다. 런던을 색다른 시선으로 낱낱이 들여다본 《큐리오시티(Curiocity)》(공저), 열렬한 책벌레로서 기발한 목록을 소개한 《엘리엇의 책 목록(Eliot's Book of Bookish Lists)》 등을 썼다.

그린이 퀴베(Quibe)

파리 근교에 거주하는 프랑스 출신 일러스트레이터이자 그래픽 디자이너. 하나의 선으로 이루어진 그림 작업을 많이 한다. 본명은 크리스토프 루이(Christophe Louis)다. @quibe

옮긴이 박선령
세종대학교 영어영문학과를 졸업하고 MBC
방송문화원 영상번역과정을 수료했다. 현재
출판번역 에이전시 베네트랜스에서 전속 번
역가로 활동 중이다. 옮긴 책으로《브레인 키
핑》,《플랫폼 제국의 거인들》,《세계사를 바
꾼 50가지 거짓말》,《어반 정글》,《더 해
머》,《리추얼의 힘》,《거대한 가속》,《북유
럽 신화》,《타이탄의 도구들》등이 있다.

길을 잃는 것은 특권이다. 지도 앱이 일상화가 된 동시대에는 더욱 그렇다. 우리는 방황과 발견의 기쁨을 잃어버렸고 삶은 예측 가능한 범주에 갇혔다. 헨리 엘리엇은 신화와 역사가 구불구불 이어지는 미로 속으로 독자를 안내한다. 상하, 좌우를 뒤집어 방향 감각을 상실하게 만들고 미스터리 속으로 우리를 밀어넣는다. 그러나 이 경험은 두렵기보다 짜릿하다. 헨리 데이비드 소로는 길을 잃은 자만이 관계의 무한함을 깨달을 수 있다고 말했다. 방황하지 않으면 세상의 아름다움을 발견할 수 없다. 《미로, 길을 잃는 즐거움》은 잃어버린 방황의 기술을 돌려주는 책이다.

—**정지돈**, 소설가

책이 하나의 미로가 될 수 있을까? 《미로, 길을 잃는 즐거움》을 읽는 동안 나는 이전에는 상상해본 적 없던 읽기의 새로운 형식을 경험할 수 있었다. 붉은 실을 따라 페이지를 넘기다보면 어느 순간 이 책이 바로 흥미롭고 무한한 영감을 주는 다중감각 미로 자체임을 알 수 있다. 보르헤스, 카프카, 울리포 등 낯익은 이름들은 우리가 미로에서 헤맬 때 의지할 수 있는 또 다른 붉은 실의 역할을 해줄 것이다. "누군가를 미궁에 가두는 가장 좋은 방법은 그가 떠날 수 없게 붙드는 것이 아니라 바로 떠나고 싶지 않게 만드는 것이다." 책 속의 문장은 이 책을 향해 그대로 적용 가능하다. 《미로, 길을 잃는 즐거움》은 그 안에 영원히 머물고 싶게 만드는, 유한한 동시에 무한한 한 권의 책이었다.

—**김선오**, 시인